Quem é João?
uma lógica social realista

Editora Appris Ltda.
1.ª Edição - Copyright© 2024 do autor
Direitos de Edição Reservados à Editora Appris Ltda.

Nenhuma parte desta obra poderá ser utilizada indevidamente, sem estar de acordo com a Lei nº 9.610/98. Se incorreções forem encontradas, serão de exclusiva responsabilidade de seus organizadores. Foi realizado o Depósito Legal na Fundação Biblioteca Nacional, de acordo com as Leis nos 10.994, de 14/12/2004, e 12.192, de 14/01/2010.

Catalogação na Fonte
Elaborado por: Josefina A. S. Guedes
Bibliotecária CRB 9/870

G633q 2024	Gomes, Sílvio Quem é João? uma lógica social realista / Sílvio Gomes. 1. ed. – Curitiba: Appris, 2024. 186 p. ; 23 cm. ISBN 978-65-250-5231-1 1. Ficção brasileira. 2. Romance. I. Título. CDD – 510

Appris
editora

Editora e Livraria Appris Ltda.
Av. Manoel Ribas, 2265 – Mercês
Curitiba/PR – CEP: 80810-002
Tel. (41) 3156 - 4731
www.editoraappris.com.br

Printed in Brazil
Impresso no Brasil

Sílvio Gomes

Quem é João?
uma lógica social realista

Appris
editora

FICHA TÉCNICA

EDITORIAL	Augusto Coelho
	Sara C. de Andrade Coelho
COMITÊ EDITORIAL	Marli Caetano
	Andréa Barbosa Gouveia (UFPR)
	Jacques de Lima Ferreira (UP)
	Marilda Aparecida Behrens (PUCPR)
	Ana El Achkar (UNIVERSO/RJ)
	Conrado Moreira Mendes (PUC-MG)
	Eliete Correia dos Santos (UEPB)
	Fabiano Santos (UERJ/IESP)
	Francinete Fernandes de Sousa (UEPB)
	Francisco Carlos Duarte (PUCPR)
	Francisco de Assis (Fiam-Faam, SP, Brasil)
	Juliana Reichert Assunção Tonelli (UEL)
	Maria Aparecida Barbosa (USP)
	Maria Helena Zamora (PUC-Rio)
	Maria Margarida de Andrade (Umack)
	Roque Ismael da Costa Güllich (UFFS)
	Toni Reis (UFPR)
	Valdomiro de Oliveira (UFPR)
	Valério Brusamolin (IFPR)
SUPERVISOR DA PRODUÇÃO	Renata Cristina Lopes Miccelli
PRODUÇÃO EDITORIAL	Sabrina Costa
REVISÃO	Andrea Bassoto Gatto
DIAGRAMAÇÃO	Renata Cristina Lopes Miccelli
CAPA	Carlos Pereira
REVISÃO DE PROVA	William Rodrigues

Sumário

1
Quem é João?.. 11

2
A família de Ruth... 12

3
Ruth com 37 anos.. 18

4
O aniversário de Katherine............................... 23

5
Ruth sem limites.. 28

6
Katherine perdida.. 32

7
O amante de Ruth... 36

8
José Henrique, a verdade................................... 39

9
A revelação de Bianca....................................... 43

10
A terapia de João... 47

11
Cheiro de sexo... 51

12
Foco no futuro 54

13
Lívia Machado 56

14
Clima tenso e reencontros 57

15
A tentação de Bianca 62

16
Bianca apaixonada 66

17
O brinde de Aline 67

18
Evelyn, o plano C de César 69

19
O mistério de Katherine 77

20
O reencontro de Bianca 80

21
O fim do mistério de Katherine 83

22
O amante misterioso de Ruth 87

23
A provação e o sexo 89

24
A conversa inesperada entre Bianca e Ruth 94

25

O almoço com Evelyn..97

26

A terapeuta de João está doente..................................99

27

O aniversário de Bianca...102

28

O sim de Bianca...105

29

Ruth sem limites 2...109

30

A angústia de Evelyn..111

31

A depressão de Ruth...112

32

O começo o fim..114

33

A traição de Evelyn..118

34

A secretária ciumenta de José Henrique....................123

35

A surpresa para Bianca..127

36

O reencontro das moças...131

37

A demissão de Ruth..133

38
A grande matemática 136

39
O fim da amizade 138

40
A volta de César 140

41
O triste aniversário de Bianca 142

42
A viagem de Bianca 147

43
O destino de Katherine 149

44
Momentos sem Bianca 153

45
O plano de Ruth na volta de Bianca e as aventuras
de Katherine no Rio de Janeiro 155

46
A verdadeira Bianca 159

47
Katherine no Rio de Janeiro 163

48
O namorado da ciumenta Bianca 165

49
A angústia de Evelyn (parte 2) 167

50
O destino de Katherine (parte 2) 173

51
O último saber 176

52
O inacreditável plano de Evelyn 181

1

Quem é João?

Em uma cidade no norte do Paraná, a cerca de 380 quilômetros da capital Curitiba, vivia João, um jovem cuja história de vida desenvolveu-se em meio a situações corriqueiras e sem muitas surpresas. Porém, devido a peculiaridades de membros indissociáveis de seu grupo social, em pouco tempo tudo se transformaria significativamente.

Bem-sucedido e filho único, 18 anos, com 1,78 m de altura, João era um rapaz de boa aparência, comunicativo e carismático. Envolvido em um ciclo social cheio de personagens interessantes, João protagonizou um recorte social bastante intrigante em um período importante de sua existência.

Ele não tinha muitos parentes e era de uma família convencional e bem-sucedida. Morava com seus pais Ruth e José Henrique, e também havia a sempre conveniente presença de sua avó, Lívia Machado.

João era uma pessoa muito popular e tendo conhecido César na infância, tornaram-se grandes amigos. Além disso, suas amigas Bianca e Katharine gozavam da atenção e do afeto do rapaz. Ele gostava de jogar futebol aos fins de semana e estudar arte como hobby. Assim como seus amigos próximos, estava prestes a concluir o ensino médio e a escolha da faculdade que cursariam no ano seguinte era produto de discussões intensas entre eles.

Ao longo dos acontecimentos, Evelyn e Rodrigo também passam a figurar de forma relevante na vida de João, porém sem tanta intensidade como os citados anteriormente. Além disso, como a vida não é feita só de amigos, teremos o prazer de conhecer a prima e a terapeuta de João, a mãe e a avó de Bianca, o patrão de Ruth, a recepcionista da terapeuta, a secretária de José Henrique e, finalmente o amigo flamenguista de Katharine.

2

A família de Ruth

No período dos fatos, quando João estava com 18 anos, Ruth era uma mulher com 37 anos, 1,69 metros de altura, muito bonita, carismática, branca, cabelos castanhos e médios, privilegiada esteticamente, gostava de usar calças justas e blusas decotadas, que desenhavam suas belas curvas. Trabalhava como publicitária em uma multinacional com uma filial em sua cidade.

Ruth tinha uma personalidade forte e alguns atributos específicos que acabavam influenciando, mesmo que indiretamente e sem que percebessem, a vida não só de seus familiares, mas também seu ambiente de trabalho, e por meio de membros de sua família também influenciava a todo o nicho social em que estivesse inserida.

Para que muita coisa faça sentido nesta história, neste capítulo vamos descobrir o que aconteceu na vida de Ruth, como ela teria perdido sua mãe e em quais circunstâncias havia conhecido José Henrique, que viria a ser seu principal par romântico e pai de seu filho, João.

Muito antes de Ruth nascer, sua mãe, ainda bem jovem, de família pobre, precisava desesperadamente ganhar dinheiro para ajudar na renda familiar e continuar sonhando em algum dia adquirir a sua tão sonhada casa própria. Então, sem que sua família soubesse, de certa forma sacrificava-se utilizando o nome social de "A faxineira" em uma discreta casa de prostituição na cidade vizinha.

Na época em que tudo acontecia, a única forma de prevenção à gravidez era a famosa tabelinha (tabela que permite calcular o período fértil dentro do ciclo menstrual). Contudo, de acordo com a necessidade, às vezes era necessário atender algum cliente mesmo na fase de risco. Traída pela velha promessa "Não se preocupe, na hora de gozar eu tiro", a mãe de Ruth acabou engravidando sem um pai para assumir a criança.

Desesperada, a mãe de Ruth aprendeu que a vida que parecia mais fácil acabou custando muito caro para ela. "A faxineira" tornou-se, de fato,

Quem é João?

faxineira, e prometeu, após se converter e começar a frequentar a igreja da região onde vivia, que sua filha (Ruth) estudaria e jamais teria que passar pelos mesmos aprendizados que ela passou.

Já em sua adolescência, aos 15 anos de idade, Ruth começou a cursar o ensino médio em um colégio particular de sua cidade, sendo, até então, o orgulho de sua mãe e de toda a família, pois além de muito estudiosa ela também se comunicava muito bem e participava de movimentos em prol de minorias e causas sociais.

No entanto o envolvimento tão cedo com pessoas de sindicatos e ONGs fez com que aflorasse na jovem um sentimento de rebeldia e a necessidade de sentir-se livre em todos os sentidos. Então logo o apreço pela ordem e pelo progresso converteu-se em liberdade de expressão física e intelectual. E cada vez mais sua relação íntima com livros e professores passou a ser transformada em relação inapropriada quanto aos seus colegas de luta e movimentos estudantis.

Sem saber ao certo em que sua filha estava se envolvendo, a mãe de Ruth, ávida frequentadora de igreja e participante das questões religiosas dentro de sua comunidade, certo dia encontrou em um evento religioso local uma das professoras de sua filha. Ao cumprimentá-la, sorridente, surpreendeu-se ao ouvir palavras duras dela, com uma voz firme e um semblante sério. Mesmo fazendo uso de eufemismos, fez a mãe de Ruth envergonhar-se ao contar o real comportamento de sua filha e que era muito importante seu comparecimento à escola, pois não era a primeira vez que a instituição tentava fazê-la ciente de tudo.

Mais tarde, em casa, Ruth, muito questionada por sua mãe quanto ao seu mau comportamento, não soube o que dizer em sua defesa e apenas pediu desculpas, prometendo redimir-se.

Decepcionada e tentando se controlar, a mãe de Ruth disse que iria à escola no dia seguinte para saber mais sobre o que, de fato, estava acontecendo por lá. Ruth, aos prantos e prometendo melhorar, implorou para sua mãe não comparecer à escola, alegando que isso a faria passar vergonha perante seus amigos e colegas. Sentindo-se ofendida pelo fato de sua filha dizer ter vergonha de sua presença, a mãe de Ruth virou-se e, segurando o choro, não mais tocou no assunto.

No dia seguinte, a mãe de Ruth, como havia se comprometido, foi à escola de sua filha para conversar com os responsáveis sobre o que havia sido adiantado por uma das professoras no dia anterior. Educadamente, conversando com a coordenadora pedagógica, ela confirmou tudo o que ela não queria acreditar.

Ruth era uma garota muito popular, porém isso não era fruto de suas habilidades acadêmicas e, sim, por sua rebeldia, assim como pela sua postura avançada no que se referia às suas interações com os colegas do sexo oposto. A mãe de Ruth ouviu da coordenadora da instituição que sua filha estava muito avançada em relação às outras meninas de sua idade e, de fato, seu comportamento era inadequado, na época, até mesmo para as moças mais velhas.

Assustada e já chorando copiosamente, a mãe de Ruth ouviu da coordenadora que inúmeras vezes haviam tentado contatá-la para conversar sobre o que estava acontecendo, mas Ruth, esperta, carismática e bastante carinhosa, sempre conseguia fazer com que seus professores desconsiderassem seu descompromisso com a ordem e com os estudos.

Enquanto sua mãe encontrava-se na escola, Ruth, apavorada e chorando escondida, desabafou com sua amiga Aline sobre o que poderia acontecer com ela a partir dali. Aline, curiosa, perguntou:

— O que sua mãe vai fazer com você depois que sair daqui?

— Não sei, mas acho que vai me tirar daqui e me mandar para outra escola – Ruth respondeu.

Intrigada, Aline questionou:

— Por que ela faria isso?

Ruth, com a voz baixa e triste, disse:

— Ela é da igreja e vai ficar preocupada com o que os outros vão dizer a meu respeito

— Amiga, se por acaso isso acontecer, vamos para a escola do meu ex-namorado José Henrique? Lá é excelente para estudar, sem falar que posso ficar perto do meu Zé – comentou Aline, eufórica.

Confusa, Ruth olhou para a colega e indagou:

— Aline, você vai mudar de escola também?

— Claro, amiga. Por você e porque ainda gosto do Zé Henrique.

— Mas por que vocês terminaram? – Ruth, curiosa, perguntou.

— Na verdade, foi por sua causa. Fui na sua onda e acabei vacilando com ele. Me dei mal. Ele não quer mais falar comigo. Acho que ele descobriu alguma coisa que eu fiz

Quem é João?

Ruth, então, opinou:

— Se você traiu o cara acho difícil ele voltar para você.

— Ruthinha! Ai, meu Deus, não diga isso! Você não faz ideia como o cara é bom! Só te digo uma coisa: o menino é enorme! Ai, meu Deus, só de lembrar estou angustiada. Ai, meu Deus... Que homem!

Ruth deu risada da forma como a amiga se expressava. E concordou em irem para essa tal escola juntas.

Naquela semana, a mãe de Ruth, preocupada com a vida de namoradeira de sua filha, levou-a ao ginecologista. Depois de examiná-la, disse que queria conversar a sós com ela, pois alguns questionamentos eram necessários e precisava que ela fosse sincera, e a presença da mãe poderia inibi-la.

Depois de conversar com Ruth, o médico, sem entrar em mais detalhes, demonstrou preocupação e pediu que sua mãe a encaminhasse para um terapeuta para que ele avaliasse a possibilidade de algum tratamento hormonal ou psiquiátrico para ela.

A mãe de Ruth ficou assustada e pediu que o doutor falasse sobre o que estava acontecendo com sua filha. O médico respirou fundo e disse à mulher que a moça já tinha uma vida ativa e que sofria uma compulsão por intercurso, fazendo-a tocar-se intimamente várias vezes ao dia, e que a reação involuntária dela durante o exame de toque deixou-o preocupado.

Seguindo as orientações do médico, a mãe de Ruth levou-a para um psiquiatra, que a diagnosticou como ninfomaníaca e indicou que fosse submetida a um tratamento psicológico com um terapeuta associado ao uso de medicamentos ansiolíticos e antidepressivos.

Após iniciar seu tratamento, Ruth mudou de escola e seus rendimentos acadêmicos melhoravam a cada bimestre, porém, por questões de beleza, muitos jovens continuavam a paquerá-la, o que, agora, incomodava-a. Então, para evitar assédios, ela aproximou-se de um rapaz muito educado, forte e estudioso chamado José Henrique, deixando todos pensarem que fosses um casal. Eles tornaram-se bons amigos e ele estava ciente de que a intenção da moça era unicamente terminar seus estudos com tranquilidade.

Ao final do ensino médio, Ruth começou a cursar a faculdade de Publicidade, área com qual se identificava, enquanto José Henrique, até então seu amigo, passou a estudar Administração de Empresas em uma das melhores faculdades da região.

Ao perceber que poderiam se afastar por cursarem diferentes faculdades, José Henrique, sem muita pretensão, pediu Ruth em namoro, que o surpreendeu aceitando prontamente. O novo casal deixou a mãe de Ruth muito feliz, pois depois de tudo que viu sua filha passar, viu-a superando seu problema e, já adulta, casando-se com um bom homem. Ruth também parecia muito apaixonada e satisfeita com seu companheiro, José Henrique.

Não demorou muito e Ruth descobriu que há muito tempo sua mãe estava com um tipo complicado de câncer já em estado avançado e de difícil evolução positiva. Sem muito o que fazer, Ruth, ao lado de seu companheiro José Henrique, esteve ao lado de sua mãe, que lutou diuturnamente, sem muita resposta, ao menos pelo prolongamento de sua vida, pois desejava ter um neto antes de morrer.

Ruth, então, prometeu-lhe que sua filha com José Henrique herdaria o nome da avó, porém, em seus últimos momentos de lucidez, sua mãe, sorrindo, afirmou para ela que ela teria um menino e que se chamaria João, pois esse era o nome do irmão que Ruth tanto pedia na infância e que ela (mãe de Ruth) lamentava não ter tido para presenteá-la.

Percebendo que o momento de despedida aproximava-se, sempre amparada por José Henrique, Ruth não conseguia parar de chorar. Sem conseguir falar mais nada, sentia-se grata por tudo que sua mãe havia feito e em paz, pois, de certa forma, como uma maneira de agradecer por todos os sacrifícios que sua mãe havia feito em vida, prometeu a si mesma que atenderia seu último pedido.

Alguns meses depois nasceu João da Silva Machado, filho de Ruth da Silva e José Henrique Machado, em homenagem a João da Silva (que seria o irmão de Ruth) e a Maria Rosa da Silva, a recente falecida mãe de Ruth.

Aline, ex-colega de Ruth, em uma visita para rever a amiga e conhecer seu filho João, comentou, descontraída:

— Amiga, você percebeu que parece que seu filho será tão grande quanto o pai? Coitadas das moças que ele namorar! Não é?

— Deixa isso quieto, sua doida! E você? Terminou o curso de fisioterapeuta? – falou Ruth.

Já um pouco séria, Aline respondeu:

— Sim. Já comecei até a estagiar, mas agora estou tentando enfermagem. É chato, prefiro trabalhar com fisioterapia, mas preciso pensar em dinheiro também, não é mesmo?

Ruth responde, em tom de brincadeira:

Quem é João?

— Tenha calma. Você é novinha, ainda tem tempo para decidir.

Então, com o semblante sério e olhar firme, perguntou para a amiga:

— E aquele assunto? Você já superou?

— Olha, Ruth, eu sei que você não teve culpa. Ele preferiu você. Só não vou ficar muito perto. Na verdade, quero pegar seu filho quando ele crescer (risos) – finalizou o assunto Aline, ao que Ruth respondeu, gargalhando:

— Nem pense nisso!

3

Ruth com 37 anos

Ruth e sua família moravam em uma bela casa em um luxuoso condomínio com grandes espaços de lazer e áreas verdes, ambiente propício para atividades físicas ao ar livre e confraternizações em família. Ela trabalhava há muitos anos como publicitária em uma grande empresa multinacional.

Ruth nutria boas relações de amizade com seus colegas de trabalho, inclusive com seu chefe, o senhor Freitas, que lhe permitia ter maior autonomia para exercer suas funções, sem pressão e com flexibilidade de horários. Naquele mês, Ruth superou as suas metas mensais de produtividade, o que a fez ser declarada a funcionária do mês e receber um belo bônus salarial equivalente à sua produtividade.

Para celebrar seu bom momento profissional, Ruth promoveu em sua casa uma bela confraternização com amigos, familiares e companheiros de trabalho. José Henrique estava viajando a trabalho e não estava em casa para participar.

Ruth tinha um ciclo social, em sua maior parte, formado por homens, pois sua facilidade em lidar com eles causava intimidação na maioria das mulheres. Entre as damas presentes estavam a esposa de seu chefe, uma colega de trabalho, a secretária de seu chefe, uma de suas amigas pessoais, e Maria Carla, uma das filhas de um primo de seu marido, que costumava visitar seu filho, João, e muitas vezes viajava com ele em suas férias. Ruth suspeitava que a relação entre a moça e seu filho era algo além de somente amizade.

Os convidados estavam bem à vontade no ambiente familiar de Ruth. Enquanto alguns bronzeavam-se na piscina, outros, mais compostos, apenas bebiam e, de fato, confraternizavam por meio de descontraídas e aleatórias conversas.

O evento era farto e as pessoas pareciam felizes e, obviamente, de acordo com suas idades e suas convenções sociais, usufruíam livremente dos mais variados tipos de bebidas e petiscos.

Quem é João?

Além dos convidados de Ruth, João, como morador da casa, estava presente, assim como seu amigo César, convidado para participar da confraternização. Bianca e Katharine, por motivos particulares, não puderam atender ao convite de João naquele dia.

À beira da piscina, Maria Carla comentou com João e César sobre suas aventuras como caloura na faculdade de Direito da Universidade Federal do Paraná. Acostumada a beber bastante nas baladas de que participava, desabafou que estava sendo difícil resistir às intensas ofertas de maconha por parte de seus colegas de curso. Maria Carla disse que naquela faculdade o uso de drogas era normal, principalmente entre veteranos.

Meio constrangido de ouvir os lamentos de sua prima, João mudou de assunto, lembrando César do aniversário de Katharine, e propôs saírem para comemorar em um conhecido bar de música ao vivo que costumavam frequentar. César gostou da ideia e perguntou a Maria Carla se ela poderia ir também. Ela respondeu que não, pois voltaria para a capital no dia seguinte e, além disso, tinha muita matéria para estudar naquele fim de semestre. João comprometeu-se a combinar o encontro com Bianca e Katharine.

Então Maria Carla disse que já estava de saída e abraçou seu primo João e seu amigo César, convidando-os a encontrarem-se no fim do ano para combinarem uma nova viagem juntos, como costumavam fazer. Já de saída e vermelha por tomar sol, Maria Carla gritou, despedindo-se de Ruth, que curtia o sol do outro lado da piscina.

César comentou com João que acreditava que dificilmente suas viagens seriam como antes, pois Maria Carla estava cada vez mais distante. João concordou e comentou que a cada visita ela aparecia com uma tatuagem e um piercing diferente no corpo e o preocupava seu comentário sobre a maconha na faculdade. César concluiu dizendo que as tatuagens coloridas da moça eram bem bonitas e ficava bem chamativas devido à pele branquela dela.

César era, de fato, muito próximo à família de João, e até em relação à aparência eles tinham certa semelhança. César era um pouco mais alto, porém menos atlético. Diferenciavam-se pelo corte de cabelo e pelas roupas que costumavam usar. João tinha cabelos mais longos e usava roupas mais leves, enquanto César costumava usar roupas folgadas e cabelos mais bem aparados.

Como aquele era o último ano antes de os jovens cursarem suas respectivas faculdades, assim como João e César, Bianca e Katharine também pretendiam aproveitar todas as oportunidades de estarem juntos, festejando e irem em cada evento que fosse possível.

Já no final da tarde, João e César relaxavam em duas espreguiçadeiras na beira da piscina e, descontraídos, observavam algumas pessoas se divertindo na grande piscina da casa. Porém, àquela altura, César, de óculos escuros, não mais conseguia disfarçar seus olhares obsessivos para uma pessoa em especial, a qual, deitada em uma espreguiçadeira do outro lado da piscina, tomando sol, chamava a atenção pelo seu belíssimo corpo em um ousado e pequeno biquíni.

Ruth não tinha a intenção de chamar a atenção e despertar a libido de seus convidados, no entanto, por ter um corpo com peitos e bunda grandes e belas curvas, não conseguia passar despercebida, mesmo que se esforçasse para isso. E César, jovem e cheio de energia sexual, mesmo sendo íntimo da família, quase hipnotizado com que via, não conseguia tirar os olhos daquele belo corpo.

Em um determinado momento da festa, com o sol já esfriando e seus convidados já se despedindo, Ruth entrou em casa e dirigiu-se para seu quarto para tomar um banho e trocar-se.

João e César, descontraídos, ficaram na área externa, jogando conversa fora e bebendo bastante, mesmo recriminados por Ruth. João, então, cansado, já sem muito assunto, apontou o dedo comentando que Bianca morava no condomínio em frente à sua casa. César, zombando do amigo, respondeu que sabia onde ela morava, pois também a conhecia tanto quanto ele. Os dois, contudo, caem na gargalhada, e César, já caminhando, comentou que iria à cozinha, aproveitando a saída de Ruth, para buscar mais bebidas, mesmo estando no fim da festa e todos já se despedindo.

Obviamente, não era a primeira vez que César frequentava a casa de João. Pelo contrário. Era comum que ele visitasse seu parceiro de viagens, baladas e estudos. Ao entrar na casa, César ouviu o barulho da porta do quarto de Ruth, que parece ter sido aberta. Ruth havia entrado para banhar-se e trocar de roupa, pois faria companhia a alguns de seus convidados, que ficariam até mais tarde em sua casa.

César, que não tirava da cabeça a imagem daquela mulher maravilhosa de biquíni tomando sol à beira da piscina, quase que institivamente, não resistiu e resolveu dar uma olhadinha enquanto passava silenciosamente em frente ao quarto de Ruth, na expectativa de vê-la. Nesse momento de extrema excitação, a falta de lucidez não o deixou perceber a situação no mínimo constrangedora que sua atitude poderia causar.

Quem é João?

Percebendo que a porta estava entreaberta, ele caminhou devagar em direção a ela e empurrou-a com a ponta dos dedos. Parado e com toda a visão do quarto de Ruth, César vê-a sair do banheiro embrulhada em uma toalha dos seios às coxas. Atônito, sem saber o que dizer, César parecia hipnotizado pelo que estava vendo. Ao vê-lo, Ruth sorriu e caminhou rapidamente em sua direção, e olhando em volta para ter certeza de que ninguém tinha visto-o, puxou-o para dentro do quarto dizendo:

— Cesinho, não fique parado na frente do meu quarto. As pessoas podem te ver me olhando. Você estava me procurando? Quer alguma coisa?

Gaguejando, ele respondeu:

— Vou pegar bebidas na cozinha

Ruth, enquanto ria do nervosismo de César, disse:

— Menino, eu sei o que você quer. Percebi que você me comia com os olhos lá na piscina. Estou errada? Vou falar sério com você. Seu maior problema é ser amigo do meu filho. Entendeu, meu gatinho?

Ainda gaguejando, César apela:

— Não vou falar nada para ele. Não se preocupe

— Tem certeza? Olhe lá, viu, menino? Então feche os olhos e me dê a mão. – É a resposta de Ruth.

Com César de olhos fechados, Ruth deixa a toalha cair, ficando completamente nua, direciona a mão do rapaz para suas partes íntimas e comenta:

— Sinta como estou quente e molhadinha. Ai…

Fazendo-o masturbá-la com os dedos, Ruth puxou-o para perto dela, sentiu como ele estava duro e excitado. Sem mais resistir, ela pegou com a mão e apertou, por sobre a roupa, o pênis do rapaz, e o beijou excitadamente e de forma afobada, apertando-o contra seu corpo. Mas logo, sem esperar, Ruth, parecendo ter uma epifania, empurrou César violentamente falando:

— Sai daqui! Que merda! Não pode. Que droga! Saia daqui agora. Olha o que você me fez fazer. Que droga!

César corre para o banheiro da casa. Assustado, olha no espelho, lava o rosto e respira fundo tentando se acalmar. De repente, João bateu na porta do banheiro perguntando:

— César! É você que está aí? Está tudo bem? Cara, esqueceu da bebida? Vou pegar bebidas aqui. Te aguardo lá fora.

João ouve César dizer "ok" e que já estava indo. Sem desconfiar do que aconteceu, João achava que o amigo havia tido algum problema por ter bebido demais, pois não costume beberem tanto.

4

O aniversário
de Katherine

Katharine era uma morena linda, brincalhona e sociável. Tinha 1,68 de altura e belas pernas. A moça era muito carinhosa e fazia amizade com muita facilidade, o que, de certa forma, dificultava-lhe ter outro tipo de relacionamento. Sua amizade com João e César tinha origem no ambiente de estudo e aprofundado devido ao interesse da moça em obter uma atenção especial de João.

Bianca, por sua vez, de descendência holandesa, era uma moça também linda, obviamente de pele clara, 1,70 de altura, olhos verdes, cabelos claros e belos seios. Mesmo reservada, com seus amigos mais próximos era sorridente e brincalhona. Além de sua amizade antiga com Maria Carla, era vizinha e colega de estudos de João, ao qual ela não conseguia disfarçar seus olhares em momentos de distração. O contexto social aproximou-a de Katharine, que considerava uma boa colega de estudos. Órfã por parte de pai, Bianca morava em um prédio em frente à casa de João, com sua mãe e sua avó, que recentemente havia começado um tratamento para combater um câncer recém-descoberto.

Naquele fim de semana, Katharine estaria completando seus 18 anos de idade, e como era esperado, seus amigos decidiram comemorar essa data especial levando-a a um conhecido bar de música ao vivo da cidade para confraternizarem de uma forma diferente de como tradicionalmente faziam em festas de aniversário.

Então na sexta-feira daquela semana, à noite, João, César, Bianca e Katharine, já no bar, lotado, curtindo o show de um artista carioca chamado Guilherme Lemos, que tocava clássicos dos anos 80, animados, aproveitavam bastante, bebendo e cantando, em coro, clássicos da antiga banda Legião Urbana.

Por volta das 22h, quando Bianca e Katharine haviam ido ao banheiro, César e João conversavam descontraídos, sentados num banco da praça, em frente ao bar onde acontecia a festa, esperando a volta das meninas. João comentou com César que havia recebido um bilhete de uma das garçonetes do bar:

— Cara, a moça que nos trouxe a vodca me deu um bilhetinho.

César perguntou:

— E aí? O que ela quer?

— Vou ler para você: "Oi, gatinho. Eu e minha amiga queremos conhecer você e seu colega. Somos as duas loirinhas do bar".

César olhou para as moças e comentou:

— São duas gatinhas. Mas hoje não dá. Estamos com as meninas.

E João completou:

— E hoje é o aniversário de Kate. Não vai pegar bem deixar as duas sozinhas para ficarmos com as garotas do bar. Mas antes de irmos para casa, um de nós dois vai falar com elas e pegar um contato.

Então, César ofereceu-se para falar com as moças quando voltarem ao bar.

Enquanto João e César conversavam, as meninas, Bianca e Katharine, voltaram do banheiro e, ao se aproximarem deles, Bianca comentou:

— Gente, vamos embora? Já bebemos demais hoje.

Katharine, por outro lado, posicionou-se sobre o assunto e comentou:

— Eu estou de boa, ainda aguento mais um pouco.

João olhou para todos em volta e falou:

— Depois da saideira vamos para casa, ok?

César levantou do banco e já caminhando, disse:

— Deixa comigo. Vou ao bar pegar umas bebidas para a gente.

Katharine correu atrás de César dizendo:

— Eu vou com você. Quero escolher a minha.

Enquanto César e Katharine foram ao bar, Bianca sentou-se ao lado de João, permanecendo calada e de cabeça baixa. João olhou para ela e questionou:

— Há algo errado, Bianca? Não está gostando da festa? Não está se divertindo?

Quem é João?

Bianca passou o braço por trás dos ombros de João, abraçando-o, e respondeu:

— Está tudo bem, não se preocupe. Só estou com um pouco de sono. Eu costumo dormir cedo, entende?

— Vou te animar um pouco. Vem cá! Vamos dançar – João disse.

— Você vai passar vergonha comigo. Não sei dançar. Quer mesmo isso?

— Vamos lá, Bi! Não quero desculpas – respondeu João, pegando na mão dela e levando-a para a pista de dança.

Ele não sabia dançar muito bem, mas tinha atitude e a fazia rir com a forma como se balançavam. Bianca parecia estar se divertindo com a brincadeira de João. De fato, além de parecerem um bonito casal, tinham uma boa química juntos.

César e Katharine voltaram para a praça e olharam em volta, procurando João e Bianca. Não demorou muito e eles viram os dois animados na pista de dança do bar. César e Katharine olharam-se, desconfiados, e logo Katharine tomou a bebida da mão de César, dizendo:

— Me dá isso aqui. Preciso beber

Ela tomou de uma vez toda a tequila que pegou de César. Ainda eufórica, disse:

— Preciso de mais...

Nesse momento, César olhou para Katharine com desaprovação e comentou:

— Cuidado... Você está bebendo muito. Não vá ficar mal justamente em seu aniversário. Vá com calma...

— Me deixe. Eu faço o que eu quero – respondeu a moça, parecendo nervosa.

César, então, deixou-a ir, sentou-se no banco da praça e, ao olhar para João e Bianca, viu-os voltando suados, eufóricos, sorridentes e de mãos dadas.

Ao aproximar-se de César, Bianca perguntou:

— Tem água aí? Esse doido acabou comigo. Não estou acostumada com isso. Ai ai...

Vendo César sozinho, João perguntou:

— Cadê a Kate? Não foi com você?

— Eu acho que algo a aborreceu. Ela está no bar, foi buscar mais tequila – respondeu César.

Vendo-a no bar, Bianca comentou:

— Eu vou atrás dela. Aproveito para pegar uma água para mim.

Com a saída de Bianca, César olhou para João e questionou:

— Que novidade foi essa, cara? Nunca vi vocês dois assim. Pareciam namorados.

— Nada demais. Foi só uma dancinha para animar um pouco. E você? Conseguiu o contato das garçonetes?

— Não deu. Kate foi junto. Ficou no meu pé – falou César. – Aqui pra nós, acho melhor você conversar com ela. Parece que ela ficou com ciúmes de ver você e Bi dançando daquele jeito.

João olhou para o bar, viu Bianca e Katharine conversando e comentou com César:

— Acho que já estão conversando sobre isso. Não creio que Katharine queira ficar comigo.

— Está parecendo que quer sim. – Foi a resposta de César, seguida de um comentário de João:

— Acho que já deu por hoje. Vamos embora.

Era quase meia-noite quando eles decidiram voltar para casa. Eles dividiram um Uber, que os levou para suas casas. A primeira a saltar foi Katharine, seguida de César, e por último, Bianca e João.

No dia seguinte, um sábado, Katharine, de ressaca, ligou para Bianca dizendo:

— Oi, Bi. Passe aqui mais tarde. Vamos tomar uma água de coco. Bebi muito ontem.

Bianca aceitou o convite e foi ao encontro da amiga.

Era fim de tarde quando elas se encontraram e foram a uma lanchonete, em um lugar aberto, para se hidratar e conversar. Katharine falou sobre sua festa de aniversário no dia anterior e confessou não lembrar-se de muita coisa devido ao excesso de bebida. Katharine comentou com Bianca que havia sonhado que ela tinha ficado com João na festa. Bianca riu e disse:

— Eu queria morar nos seus sonhos (risos). João é uma pessoa especial e um grande amigo. Só isso.

— Você gosta dele? – perguntou Katharine.

Quem é João?

— Quem não gosta? – respondeu prontamente Bianca.

De cabeça baixa, Katharine falou baixinho:

— Pois é...

Respirando fundo, olhou para a amiga e com os olhos lacrimejando, disse:

— Tenho sorte de conhecer vocês. Obrigada pela festa de ontem

Então Bianca sorriu e abraçou Katharine, que não conseguiu segurar as lágrimas.

Após o clima emotivo entre as amigas, Bianca lembrou a Katharine que precisavam concluir uma pesquisa de História para ser entregue na próxima terça-feira. Katharine relembrou à Bianca que a área de Humanas não era sua preferida e que se fosse de Exatas já teria concluído a atividade. Bianca disse à amiga que estava quase pronta e só precisava de alguns ajustes a serem feitos em grupo.

No mesmo dia, César ficou em sua casa estudando, como era de costume, enquanto João saiu para jantar à noite, com sua família, pois seu pai, José Henrique, chegara de viagem à tarde e, como sempre, convidara a ele e à mãe para jantarem fora e pôr o papo em dia.

Assim como seus colegas, João pretendia focar nos estudos naquela semana, pois um período importante de provas estava próximo.

5

Ruth sem limites

Ainda era sábado à noite e a família – João, Ruth e José Henrique – acabara de chegar em casa após mais um jantar em família. Não era muito tarde, então João resolveu estudar um pouco antes de dormir, pois as provas bimestrais seriam realizadas naquela semana. Ele tinha boa concentração e, em poucos minutos, já estava entretido nos livros, revisando os conteúdos das matérias daquele bimestre.

João tinha o hábito de dormir cedo, pois tinha aula pela manhã. Ele dificilmente estudava no período da noite. Porém, com exceção daquele dia, estendeu um pouco mais seu tempo de estudo. Por volta de uma hora da madrugada, antes de deitar, João resolveu ir até a cozinha tomar um refresco para relaxar.

João era viciado em tomar suco de frutas gelado à noite, pois isso o ajudava a relaxar e a dormir. Desse modo, saiu do seu quarto, onde estudava, e foi em direção à cozinha. Porém, quando ele passou em frente ao quarto de seus pais, ouviu, sem querer, gemidos e sussurros baixinho, que diziam: "Ooooh, mete com força, me arregaça, safado". A situação inesperada deixou João envergonhado, pois eram seus pais que estavam transando e ele nunca tinha ouvido. Contudo João reagiu com naturalidade e continuou seu trajeto para a cozinha.

No dia seguinte, um domingo, João ficou na cama até mais tarde e, por volta das 10h, voltou aos estudos. Nesse dia, ele estava entusiasmado e não parou nem para almoçar. Concentrado, pensava nos trabalhos atrasados que tinha para concluir. À noite, na hora do jantar, João observou calado seus pais conversando. Ruth contava boatos da vizinhança para José Henrique, que apenas ria das resenhas.

José Henrique perguntou para João:

— João, você também está sabendo dessas coisas?

João balançou a cabeça e respondeu discretamente que não. Ruth falou:

Quem é João?

— João, normalmente você é mais falante. Porque você está tão calado hoje? Está pensando em alguma garota?

João sorriu e quase sussurrando respondeu:

— Que nada. Estou tranquilo.

José Henrique comentou com Ruth:

— Pelo que observo, são as moças que paqueram João. Desde criança é assim. Querida, seu filho é um rapaz de sorte!

— Não é bem assim não. Olhando de fora parece fácil. Mas, a realidade é outra.

Então Ruth comentou e José concordou que João valorizava bastante a amizade e, por isso, não via as moças com interesse amoroso.

Depois do jantar, João decidiu ir logo dormir. Ainda era cedo e já em sua cama, checou as mensagens em seu celular. Antes, pegou um livro de contos para relaxar e incentivar o sono. Ele distraiu-se e não percebeu o tempo passar. Quando se deu conta era quase meia-noite. Como geralmente fazia, antes de dormir resolveu ir à cozinha para tomar seu suco e relaxar.

João saiu de seu quarto sem fazer barulho e, ao passar em frente ao quarto de Ruth e José Henrique, mais uma vez ouviu gritinhos e sussurros de prazer: "Ai, ai, ai... Com força, safado. Sou sua puta. Safado. Mete tudo. Eu sei que você gosta". Dessa vez, João parou em frente ao quarto e percebeu que a porta estava apenas encostada. Esse era o motivo pelo qual ele ouviu tão nitidamente os gemidos.

João ficou preocupado em não fazer barulho. Quando voltou para o quarto percebeu que os gemidos estavam ainda mais intensos. Pareciam que estavam prestes a terem um orgasmo. Então, curioso, ao passar em frente ao quarto, ele parou um pouco e ficou escutando:

— Mete com força. Mais forte. Arregaça minha buceta. Ai, ai… Ooooh. Você quer que eu chame um comedor para te ajudar a apagar o fogo da sua puta? Você quer ser meu corninho? Hein? Safadinho. Faz eu gozar em seu pau, corninho, vai…. Enquanto Ruth não evitava ser escandalosa, José Henrique esboçava apenas alguns sussurros:

— Vai, sua puta… Mexe gostoso. Vou te encher de porra.

E Ruth respondeu entusiasmada:

— Enche meu rabo de porra, meu corninho.

Ao ouvir isso, sem saber o que pensar a respeito, João voltou silenciosamente para seu quarto. Nessa noite, ele demorou para pegar no sono e quase se atrasou para a aula do dia seguinte.

De manhã, uma segunda-feira, José Henrique precisou viajar mais uma vez a trabalho. Normalmente, ele ficava fora de três a quinze dias. Ruth trabalhava de segunda a sexta, das 8h às 18h. Às vezes, quando seu marido estava fora, ela prolongava seu expediente até mais tarde. Ela também costumava participar de eventos e integrava grupos de apoio a pessoas com compulsão sexual. Esses grupos ajudavam-na a suportar a falta de sexo na ausência do marido.

Como dito anteriormente, Ruth sofria de compulsão sexual desde a sua adolescência e, não raras vezes, masturbava-se compulsivamente. Não por coincidência, Ruth era muito popular no trabalho, sobretudo entre os homens da equipe. Ela era apaixonada pelo seu marido, por isso ela dava a dele toda a atenção que podia quando estavam juntos, porém seu comportamento era diferente quando estava sem ele. Muito carismática e desinibida, ela era sempre convidada como palestrante para eventos comemorativos de publicidade e até para grupos de apoio a pessoas com distúrbios sexuais.

Na escola, João estava disperso e calado, como nunca havia acontecido. Empolgado, César falou sobre seus planos de estudar Medicina na França e de como seu histórico de notas qualificava-o para adquirir uma das bolsas de estudos disponibilizadas para o curso. João permaneceu calado durante os comentários de César, que, então, perguntou-lhe:

— Cara, amanhã começa nosso período de provas. Você está preparado?

Distraído, João respondeu:

— Sim, sim, estou preparado.

À noite, João cochilou no sofá da sala de sua casa enquanto assistia a um seriado na TV. Às 23h, Ruth chegou em casa e, em quanto entrava, o barulho da chave na porta, despertou o filho e, já dentro de casa, questionou:

— Ainda acordado, João? Você não tem prova amanhã?

— Sim. Peguei no sono aqui. Mas já vou para cama – respondeu ele

João percebeu que Ruth estava com o cabelo desgrenhado e com as roupas amassadas. Contudo ele preferiu não perguntar nada e, apesar de achar esquisito, manteve-se calado. Porém Ruth, espontaneamente, comentou que havia bebido um pouco mais na festa de confraternização de uma amiga e que iria tomar banho para dormir.

Quem é João?

Ela tomou um longo banho e, exausta, quando saiu do banheiro, foi direto para a cama. João também não demorou muito. Logo foi para o seu quarto, pois tinha que acordar cedo no dia seguinte.

6

Katherine perdida

Voltando à rotina, no colégio João parecia desconcentrado nas provas. Ele foi um dos últimos a concluir sua avaliação. César, Bianca e Katharine, empolgados e confiantes na aprovação, esperavam por João do lado de fora da sala. Ao encontrá-lo, Katharine perguntou:

— E aí, bonitão? Como foi na prova?

João respondeu que não tinha conseguido concentrar-se na prova, pois não havia passado bem à noite. Katharine comentou que estava a fim de sair para beber, então convidou João para irem juntos, brincando:

— Preciso de alguém para cuidar de mim (risos).

João comentou que não estava no clima para sair para beber, mas prometeu avisar se mudasse de ideia. Katharine convidou também Bianca e César. Ele respondeu que iria ficar em sua casa estudando e Bianca disse que tinha um compromisso familiar, então não podia aceitar o convite da colega. Desanimada, Katharine comentou:

— Que balde de água fria tomei agora... Espero que mudem de ideia!

De cabeça baixa, João apenas balançou a cabeça negativamente.

Na escola, no dia seguinte, César encontrou com João e perguntou:

— O que aconteceu? Você zerou a prova de ontem

— Como você sabe?

César respondeu que tinha ido à a sala dos professores para falar com um deles e viu os resultados sobre a mesa. João lamentou sua nota e disse que estava desconcentrado na hora da prova, mas estava confiante de que se recuperaria nas avaliações seguintes.

Mudando de assunto, César confessou que ficou aliviado ao saber que João não havia ficado com Bianca no sábado anterior. João perguntou o motivo e César respondeu que tinha interesse em ficar com ela. João ficou surpreso e comentou que nunca havia percebido. César disse que nunca

Quem é João?

tocara no assunto porque achava que rolava um clima entre os dois, mas João respondeu a César que se houvesse alguma coisa entre eles, ele teria falado.

Katharine havia faltado à escola naquele dia e João perguntou a César se ele sabia de alguma coisa. César respondeu que não. João, então, viu Bianca se aproximando deles e perguntou sobre Katharine.

— Katharine não veio hoje. Eu estou preocupada, porque ela havia dito que sairia para beber ontem à noite. Lembram que nos convidou para sair com ela? – disse Bianca.

No momento em que Bianca comentou sobre Katharine, João tentou ligar para Katharine, que não atendeu. César, também preocupado, comentou:

— Estou de carro hoje. Quando sairmos da escola vamos à casa dela para saber o que aconteceu.

Por volta das 13h, César, João e Bianca chegaram à casa de Katharine e foram recebidos por uma empregada, que comentou:

— Ela acabou de acordar. Deve estar tomando banho. Vou avisar que vocês estão aqui.

Bianca falou aos amigos:

— Que bom que ela está bem!

César completou:

— Se ela acordou agora, então deve ter chegado tarde ontem.

Dez minutos depois, Katharine apareceu e convidou seus amigos para almoçarem.

Durante o almoço, João falou para Katharine que tinham ido até lá porque estavam preocupados e queriam saber notícias. Ela disse que quando acordou viu as chamadas dele no celular e iria retornar mais tarde. Bianca perguntou para Katharine o que havia acontecido, completando:

— Eu esqueci completamente de te ligar para avisar que não poderia mesmo sair com você porque minha mãe e minha avó estavam precisando de mim em casa. Me perdoe, amiga.

Katharine disse:

— Tudo bem, Bi. E vocês, meninos? Esqueceram?

João ficou vermelho, permaneceu calado e olhou para César, que, por sua vez, comentou:

— Olha, Kate… Eu fiquei estudando em casa, como disse que faria. Vamos fazer o seguinte… Você pode contar comigo para o que precisar, mas precisa ser recíproco

— Fechado – diz Katharine, e com um aperto de mãos os dois concretizam um tipo de pacto de amizade.

Bianca, rindo, comentou:

— Olha só, me deu até um pouco de ciúmes agora

Já João, diferentemente de Bianca e César, afirmou:

— Podem contar comigo a qualquer momento, como sempre. Como se diz por aí: somos mais fortes juntos (risos).

A conversa continuou e João perguntou a Katharine o que aconteceu para ela faltar à aula. Ela respondeu:

— Eu fui a um barzinho aqui perto, umas 19h, sentei numa mesa e pedi uma cerveja. Estavam tocando músicas românticas. Tinha uma banda lá. Eu comecei a conversar com uma galera da mesa ao lado. Eles me chamaram para me juntar a eles. Começamos a beber juntos. Daí para frente eu não lembro muito do que aconteceu.

Bianca comentou:

— Você é louca, menina! Como voltou para casa?

— Eu lembro um pouco de um cara ao meu lado, parecia estar cuidando de mim. Acho que rolou algo entre nós, não tenho certeza. Pode ter sido ele quem me trouxe para casa.

César olhou para João sem saber o que dizer. João olhou para César rapidamente, depois olhou para Katharine e perguntou:

— Você está bem agora, não é?

— Sim, estou bem. Só não lembro de muita coisa – Katharine respondeu.

Preocupado, João falou para ela:

— Nós entendemos. Você bebeu um pouco demais, já passou, agora está tudo bem. Vamos esquecer tudo isso. Mas precisa tomar mais cuidado.

Um pouco envergonhada, Katharine mudou de assunto, dizendo:

— Vocês querem um cafezinho depois do almoço?

— Eu quero o meu agora! Sou viciada em café – Bianca respondeu, sorrindo.

No outro dia, à noite, César foi à casa de João para conversar. Ficaram sentados no sofá da sala vendo TV, enquanto Ruth falava ao telefone em seu quarto. César falou com João:

— Sobre aquilo que te contei sobre Bianca, melhor ela não saber, pois acho que não vai rolar nada entre nós e ainda poderia perder a amizade dela.

Quem é João?

— Claro! Mas por que você acha que não vai rolar? – disse João.

— Eu acho que ela tem interesse em você. Dá para perceber.

João riu e falou para César:

— Você disse antes que Kate queria ficar comigo, agora diz que Bianca está interessada em mim. Seria bom se fosse verdade tudo isso, mas acho que não.

César olhou para João meio sem graça e sorriu discretamente. Nesse dia, César ficou para jantar na casa de João a pedido de Ruth.

No dia seguinte pela manhã, na escola, Bianca estava pensativa, parecia que algo a incomodava. No intervalo da aula, ela viu João sentado e chamou-o para uma conversa em particular. César percebeu que Bianca chamou João e olhou-os disfarçadamente, parecendo estar com ciúmes. Katharine aproximou-se de César, deu-lhe dois tapinhas nos ombros e sorriu sem dizer nada.

Durante a conversa, Bianca confessou a João que estava decepcionada com o comportamento de Katharine e que pretendia afastar-se dela. João não concordou com o que Bianca pretendia fazer e pediu para que ela não o fizesse. Disse que Katharine apenas tinha passado mal com a bebida e que não havia feito nada de errado.

— Precisamos esquecer isso e não tocar mais nesse assunto.

De cabeça baixa, pensativa, Bianca prometeu pensar melhor e não falar mais sobre isso. Era evidente que Bianca dava muita atenção e respeitava tudo que vinha de João.

7

O amante de Ruth

Nesse mesmo dia, era quase meia-noite, João dormia em seu quarto, quando um barulho na porta da sala despertou-o. Ruth estava chegando em casa naquele momento. João fechou os olhos e tentou voltar a dormir, porém percebeu que mais alguém havia entrado em casa com Ruth. Ele ouviu-a falando baixinho:

— Pode entrar. Não faça barulho. Vai na frente que já estou indo.

João chegou a pensar que José Henrique podia ter antecipado sua volta da viagem, contudo ele ouviu:

— Por favor, aqui na sala não. Para, para, para... Safado.

Uma voz masculina respondeu:

— Eu sei que você quer, safada.

Então Ruth deu um grito de tesão e disse:

— Para de me chupar, porra. Vamos para o quarto.

Ao ouvir a voz masculina e o gemido de Ruth, João levantou a cabeça do travesseiro e sentou-se na cama, prestando atenção no que estava acontecendo.

João, então, percebeu que Ruth levou a pessoa que estava com ela para seu quarto. Mesmo com Ruth quase cochichando, João conseguiu perceber o que ela dizia:

— Tira logo isso, porra. Quero chupar seu pau.

João acreditou que não tinham fechado bem a porta, pois ele ouvia claramente tudo que eles falavam lá. O quarto de Ruth era ao lado do quarto dele. Os sussurros continuavam, dessa vez com a voz masculina:

— Chupa meu pau, sua puta safada. Vai, vai... Isso aí... Lambe bem as bolas, safada.

João pôs um fone de ouvidos com música alta para tentar dormir e logo conseguiu pegar no sono. Contudo o mesmo barulho da música que o

Quem é João?

fez dormir despertou-o vinte minutos depois. Ele, então, desligou a música e retirou os fones.

Imediatamente, João voltou a ouvir Ruth falar:

— Lambe, safado... Vou gozar...

João nunca havia escutado sua mãe tão excitada daquela forma. Ele estava tentado a dar uma olhadinha, mas sabia que não era uma boa, pois não podia prever as consequências disso. Desse modo, ele abriu a porta de seu quarto silenciosamente e ainda sem sair de lá, ele escutou:

— Duvido que seu marido saiba fazer desse jeito.

João, então, percebeu que Ruth estava com outro homem no quarto. Ruth, ao ouvir o que homem disse, deu uma discreta risadinha e falou:

— Mete tudo. Quero sentir isso dentro de mim agora.

Diante da situação, João já não se aguentou de curiosidade e tesão. Caminhou até a porta do quarto de Ruth e viu que, realmente, a porta estava apenas encostada. O casal no quarto falava muito enquanto transavam e João continuou na frente da porta ouvindo:

— Humm... Isso! Que pau gostoso. Soca todo, com força, seu filho da puta, vai...

— Que buceta gostosa. Preciso ir com calma para não gozar.

— Pode gozar. Goza dentro, seu cachorro. Enche sua puta de porra, vai.

— Quero saborear sua boceta mais um pouco.

— Não, vem cá... Mete com força. Me enche de porra agora vai. É uma ordem. Quero seu leite agora.

Alguns minutos se passaram e já próximo do fim ouviu-se o seguinte diálogo:

— Então toma, vadia.

— Goza dentro, goza dentro... Ooooohhh... Vai logo... Tô gozando também.

— Aaaahhhh! Estou gozando... Ai... Aaaaahhhh! Ufa! Foi tudo! Você é louca, deixou eu gozar dentro sem camisinha.

— Se é para fazer merda, vamos fazer a merda toda, né, safado? (risos).

— Não vá engravidar, hein Ruth!

— Relaxe, menino. Esqueceu que eu tenho marido? (risos).

João ouviu os sussurros e deu pequenos passos para trás. Ele não percebeu que estava perto da porta de seu quarto e esbarrou nela, fazendo barulho. Dentro do quarto, o casal assustou-se e percebeu que a porta não estava fechada, e que João podia ter ouvido tudo. João foi para seu quarto, fechou a porta e foi dormir.

8

José Henrique, a verdade

No dia seguinte pela manhã, César combinou com Bianca e Katharine sobre o próximo final de semana. Ele contou que teria uma festa em seu condomínio e gostaria da companhia delas. Bianca perguntou a César quem mais iria na festa com eles. Katharine questionou:

— Affff, você só vai se o João for, não é?

— Você quem está falando em João – retrucou Bianca.

César interrompeu as moças, comentando:

— Ainda vou falar com João. Ele não apareceu hoje.

Katharine falou para César:

— Infelizmente não posso ir, porque tenho que parar de beber.

Bianca, então, logo comentou:

— Já era hora, não é, dona Kate?

César interrompeu-as novamente, dizendo:

— Kate, se quiser ir, não precisa se preocupar com bebida. Eu fico te vigiando.

— Está certo. Eu vou se você não me deixar beber – respondeu a moça.

Bianca falou para César:

— Eu ainda não sei. Talvez eu precise sair com a minha mãe. Eu te aviso caso decida ir. Não se preocupe.

As respostas de Bianca e Katharine deixaram César desanimado, mas ele sabia que as duas iriam se João fosse.

João ficou em casa dormindo até mais tarde. Ruth saiu cedo para trabalhar e só chegaria à noite. José Henrique ainda estava fora, em uma viagem a trabalho. João resolveu ficar em casa vendo um seriado na TV o dia inteiro.

Ruth estava tensa em seu trabalho. Ela não sabia como conversar com João quando chegasse em casa, pois sabia que ele havia ouvido o que acontecera na noite passada e tinha medo do que ele iria dizer.

Quando Ruth chegou em casa, João estava na sala vendo TV. Antes de Ruth falar qualquer coisa, ele comentou:

— Precisa trancar a porta do quarto, viu "dona Ruth". Eu preciso dormir cedo.

Ruth, sorrindo, disse:

— Estou cansada. Vou tomar banho. Vou pedir pizza para o jantar, ok?

João comemorou a escolha para o jantar:

— Hum... Leu a minha mente.

As pizzas chegaram e João levou-as para a cozinha. Eles sentaram-se à mesa e Ruth comentou:

— Vou contar para José Henrique, não se preocupe.

Serenamente, João fez um gesto de lamentação enquanto mastigava uma fatia apetitosa de pizza de camarão.

Ruth continuou:

— Ele mandou uma mensagem dizendo que voltará amanhã. Assim que ele chegar eu o chamo para uma conversa definitiva.

João, mais uma vez, só continuou comendo enquanto ouvia.

No dia seguinte, ele foi passar o dia na casa de César, pois havia sido convidado por ele para ir curtir uma piscina e, à noite, teriam a festa no condomínio. Katharine também iria. Bianca preferiu sair com sua mãe para ajudá-la em questões familiares.

Ruth estava em seu trabalho quando recebeu uma mensagem de José Henrique, avisando que já havia chegado em casa. Ela ligou para ele, convidando-o para buscá-la no trabalho. Mais tarde, ela ficou esperando-o na frente do prédio onde trabalhava. Quando ele encontrou-a, ela imediatamente falou para irem a um motel. José Henrique falou:

— Querida, não precisamos. João não está em casa.

— Eu sei. Ele está em uma festa com os amigos. Mesmo assim, eu quero ir. Quero conversar com você no motel.

José Henrique levou Ruth para o motel mais luxuoso da cidade. Ao chegarem na suíte, Ruth pediu que ela se sentasse na cama e escutar:

— Preciso confessar uma coisa, muito séria.

José Henrique diz para ela ir direto ao ponto. Ruth, então, comentou:

Quem é João?

— Quando eu era jovem descobri que sofria de um distúrbio sexual. Eu queria transar com todos que via e transei com todos os homens do meu bairro. Então minha mãe resolveu me levar em um psiquiatra. Eu fiz tratamento para controlar o problema e só parei de tomar remédios controlados quando comecei a namorar com você. – E de forma firme e direta, Ruth continuou: — Você tinha um pau enorme, além de outros estímulos que me faziam gozar várias vezes, e eu ainda achava pouco. Algumas vezes coloquei estimulante sexual em suas bebidas para você ter mais ereção. Eu adorava sentar em você a noite toda. Quando você começou a viajar a trabalho, eu fiquei subindo pelas paredes. Certa vez, fui visitar um cliente a negócios. Ele era casado, mas estava sozinho em casa naquele dia. Precisei ir ao banheiro e estava com tanto tesão que me masturbei lá mesmo. Ele ouviu o meu gemido e entrou no banheiro. Eu não resisti e agarrei-o. Ele me comeu a tarde toda na casa dele.

Olhando para Ruth, José Henrique pediu que ela continuasse e contasse tudo. Ela continuou com seu relato:

— Na semana seguinte, quando fui transar com o cliente na casa dele, eu me surpreendi, pois a esposa dele estava lá e queria participar. Ela também me comeu junto com ele. Isso me deixou cheia de tesão, daí eu não consegui mais parar. Todo o meu fogo voltou. Depois disso já transei com vários outros homens e mulheres diferentes.

Estranhamente, ele só escutou, calado, tudo que Ruth falou. Então ele respirou fundo e comentou:

— Eu já desconfiava de tudo, mas não podia te abandonar, pois eu adoro te comer.

Ruth respondeu:

— Eu não quero mais fazer escondido. Quero continuar transando com você, mas quero comer muitas mulheres e transar com seus maridos também.

José Henrique, respirando fundo mais uma vez, disse a Ruth:

— Vamos ser objetivos, ok? Vamos nos divorciar e sermos amantes, certo?

— Sim, se você quiser podemos ser amantes – disse Ruth, meio nervosa.

Ele olhou sério para Ruth e falou:

— Quero comer você toda semana, em segredo, porque quero ter outra esposa e ela não poderá saber de nada. Se você quiser podemos ficar assim.

Ruth sorriu, pulou em cima de José Henrique e respondeu:

— Claro que sim, meu amor. Vamos foder agora, meu amante safado.

José Henrique e Ruth abraçaram-se, beijaram-se e começaram a tirar a roupa um do outro. Ruth arrancou a calça de José Henrique e começou a chupá-lo desesperadamente. Em seguida, ela olhou para ele e comentou:

— Não aguento só chupar. Quero sentar nele logo. Ah... Adoro esse pau grande, grosso e quente. Vou gozar em seu pau muitas vezes ainda, seu corno.

— Então goza, sua puta safada – disse ele.

Os dois transaram a tarde toda no motel. Porém, José Henrique não dormiu mais em casa. Naquela mesma noite, ele foi embora da luxuosa casa, onde morava com Ruth e João.

9

A revelação de Bianca

No domingo pela manhã, como era seu costume, João foi para seu jogo de futebol em um clube do bairro próximo à sua residência.

Por volta das 10h, no fim do treino, João surpreendeu-se ao ver Bianca passeando com seu cachorrinho de estimação por ali. Ele imediatamente correu para falar com ela:

— Oi, Bi. Veio passear?

— Oi, João. Vim caminhar com meu cachorro Júnior, mas gostei de ficar te olhando jogar futebol (risos). Você joga bem.

— Já estou indo, vamos? – João, sorrindo comentou.

— Vamos caminhando devagar. O Júnior está cansado (risos) – Bianca respondeu.

João frequentava o clube havia muito tempo, contudo era a primeira vez que ele encontrava Bianca ali:

— Que surpresa boa foi essa, Bianca? Não sabia que você também frequentava este clube.

— Se eu soubesse que te encontraria aqui viria mais vezes (risos) – disse ela.

Ao se aproximarem de casa, Bianca despediu-se de João com um abraço e um beijo no rosto. João, então, convidou-a para almoçar com ele em sua casa. Bianca recusou dizendo:

— Infelizmente, hoje eu não posso. Vamos marcar outro dia.

— Vai ser um prazer – respondeu João.

Nesse momento, Bianca aproximou-se de João, olhando-o nos olhos, pôs os cotovelos em seus ombros e, surpreendente e inesperadamente, deu-lhe um suculento beijo na boca, abraçando-o fortemente contra seus belos seios. João retribuiu o abraço, puxando-a pela cintura e beijando-a intensamente.

João ficou surpreso com a atitude de Bianca. Era a primeira vez que eles se beijavam. Sem palavras, ele apenas continuou a olhar para Bianca, enquanto ela despediu dele:

— Até mais, meu lindo.

Olhando-a firmemente nos olhos com o rosto sério, ele respondeu:

— Até mais, Bi.

E ambos foram para suas casas. De fato, esse momento, apesar de circunstancial e inusitado devido à relação de amizade entre eles, foi especial, pois, pela primeira vez, emoções reprimidas foram reveladas.

Pelo fato totalmente inesperado, João não sabia o que fazer dali em diante, pois ele sentia um grande afeto por Bianca, mas ela era a paixão de seu amigo César. Assim, ele resolveu esperar que Bianca tomasse novamente a iniciativa e o procurasse, no entanto ele sabia que a moça era muito reservada e dificilmente aquilo voltaria a acontecer.

No mesmo dia, Katharine passou a tarde estudando com César na casa dele, pois precisava atualizar alguns conteúdos atrasados de algumas matérias e ele era a melhor pessoa para isso. Apesar de Katharine não ter dificuldade em nenhuma matéria, era conveniente estudar com seu amigo César, pois ele tinha muita facilidade em assimilar os conteúdos e sabia expressar seus conhecimentos com muita tranquilidade.

César era a pessoa mais inteligente que ela conhecia. Além disso, eles pretendiam cursar faculdade na mesma área, por isso era proveitoso que ela o procurasse para estudarem juntos. Já era noite quando Katharine voltou para sua casa. Ela e César adoravam ter longas conversas sobre o futuro e como seria a faculdade que pretendiam fazer no próximo ano.

Na segunda-feira pela manhã, João estava na escola com seu amigo César, que comentava sobre sua ansiedade em relação ao fim do ano letivo e seus planos para a faculdade.

Bianca lanchava em uma cantina ali perto e olhava, ao longe, para João e César conversando. Katharine aproximou-se de Bianca e perguntou sobre a aula que tinham acabado de assistir, pois ela havia cochilado durante a aula e perdido a explicação. Bianca respondeu que poderiam estudar em sua casa naquela tarde e revisarem a matéria juntas.

Katharine percebeu que Bianca olhava para os rapazes e, ao lembrar-se do dia anterior, comentou que havia passado o domingo estudando na casa de César. Bianca, ainda mastigando, olhou para a amiga demonstrando

Quem é João?

certa curiosidade, mas não disse nada. Kate continuou falando e se disse impressionada como César estava focado nos estudos e, apesar de estarem sozinhos, ele, em nenhum momento, tentou paquerá-la. Bianca balançou a cabeça, concordando com o que Katharine dizia:

— Não que eu quisesse que ele me pegasse, mas a gente já fica esperando que os homens façam isso – esclareceu Katharine.

— Verdade – respondeu Bianca, concordando com ela.

Olhando para Katharine, Bianca questionou-a:

— Se você tivesse interessada em César, você tomaria a iniciativa ou esperaria ele chegar em você?

— Pergunta difícil... Não sei, nunca tomei iniciativa – disse Kate. Então ela fitou Bianca, que a encarava com seus olhos verdes, e falou:

— Vou lhe confessar uma coisa: eu não tenho coragem de ficar com César porque sou apaixonada pelo João.

— O quê? Como assim? Vocês estão namorando escondido, é isso? – reagiu Bianca.

Imediatamente, Kate respondeu:

— Não, nunca falei isso para ninguém. Além disso, eu sei que você também gosta dele.

Bianca ficou vermelha, abaixou a cabeça e disse:

— Eu gosto muito de João sim. Ele é protetor e divertido, e coloca a gente para cima.

— Pode ficar tranquila comigo, amiga. Fica só entre nós. Mesmo que ele namore com você, nós continuaremos amigas, certo? – comentou Katharine, ao ouvir o desabafo de Bianca. Esta, por sua vez, balançou a cabeça, dizendo:

— Não sei não. Eu sou muito ciumenta.

Katharine, envergonhada, riu, disfarçando seu nervosismo.

À tarde, naquele dia, João ficou em casa praticando violão no sofá da sala de sua casa enquanto assistia seriado na TV. No fim da tarde, Ruth chegou do trabalho e ao entrar em casa, vendo João deitado no sofá da sala, foi em sua direção e cumprimentou-o, dando-lhe um beijo na testa:

— Boa tarde, querido.

Ao ver Ruth tão de perto, João observou o acentuado decote da sua roupa, já corriqueiramente justa, e comentou:

— Está cheirosa, "dona Ruth" (risos).

— Obrigada, querido – respondeu ela, sorrindo e já caminhando para a cozinha.

Enquanto Ruth caminhava em direção à cozinha, João observou-a e notou seu rebolado ao andar e as curvas de seu quadril, e disse:

— Precisa parar de rebolar desse jeito, ouviu? Assim você deixa todo mundo doido.

— Eu gosto assim! – gritou ela, da cozinha.

João sorriu, pôs seus pés sobre a mesinha de centro e voltou a ver TV.

10

A terapia de João

No dia seguinte, João, meio ansioso e pensativo com os últimos acontecimentos, não foi para o colégio. Dormiu até mais tarde e por volta das 9h decidiu dar uma volta no centro da cidade. Ao caminhar por uma região repleta de salões e lojas de tratamento estético, deparou-se com o anúncio em um estabelecimento, que dizia: "Centro de estética e relaxamento". Curioso, entrou para ver como seria esse tal relaxamento. Não era má ideia, pois ultimamente ele sentia-se um pouco estressado e com certo grau de ansiedade.

O centro de estética e relaxamento havia acabado de abrir e João era o único cliente no momento.

Meio gaguejando e sem jeito, João abordou a recepcionista, dizendo:

— Bom dia. Gostaria de saber sobre suas terapias de relaxamento. Tenho interesse em fazer.

A moça cumprimentou-o, apresentou-se, perguntou seu nome e apresentou as opções de terapia da casa, explicando como era cada uma das opções de tratamento disponíveis. A casa dispunha de algumas massagens sensuais. João não pensou duas vezes antes de escolher o tipo de massagem que acreditava que o relaxaria. Ao ver a escolha de João, a recepcionista confirmou:

— Essa é a massagem tântrica. É isso mesmo?

— Sim, sim, por favor – respondeu ele, gaguejando.

A recepcionista, então, disse:

— Me perdoe, seu João, norma da casa, o pagamento é antecipado.

Enquanto João pegava o cartão em sua carteira para pagar, pensou: "Espero que ela não me peça documentos". Logo em seguida, ela convidou-o a entrar sem pedir mais nenhuma informação, dizendo:

— Pode entrar, senhor João. O senhor será atendido pela profissional Aline, na sala 03.

João foi para a sala indicada para esperar a terapeuta, que não demorou a chegar. A mulher apresentou-se como Aline e cumprimentou-o:

— Bom dia, senhor João. Tudo bem? Eu sou a sua massoterapeuta hoje.

Ela era branca e magra, de cabelos longos, bastante bonita. Usava roupas justas, desenhando seu belo corpo, e estava com um belo de um decote. João olhou-a por inteira e, admirando-a, respondeu:

— Bom dia. Estou bem, mas espero sair daqui melhor (risos).

Então a mulher lhe disse:

— Vamos começar. Tire a roupa ali atrás, enrole-se numa toalha e venha deitar-se na maca de bruços, por favor.

João deitou-se na maca, apenas de toalha, e sem demora a profissional começou seu trabalho, massageando-o.

Aline começou com uma massagem relaxante nos ombros e no pescoço, por alguns minutos. Percorreu todo o corpo dele, da panturrilha ao pescoço, localizando alguns pontos de tensão. Em seguida, retirou a toalha e começou a massagear de suas panturrilhas até as coxas, voltando a percorrer todo o corpo, concluindo a primeira etapa na região do ombro, passando por pelas costas toda.

João não disfarçou estar um pouco nervoso e visivelmente excitado. Até o momento, a massoterapeuta mantinha-se dentro do roteiro da terapia. Porém João estranhou quando a mulher lambuzou sua bunda com óleo de massagem e com o antebraço e as palmas das mãos esfregou com força, repetindo o procedimento em toda a região das costas.

Em determinado momento a massoterapeuta chegou bem perto do pescoço de João com sua boça e sussurrou:

— Pode virar, querido.

João, já sem roupa, obedecendo à massoterapeuta, virou-se rapidamente, pondo-se de peito para cima. Dessa forma, Aline não tive como não perceber sua empolgação, mas para ela isso não era inusitado. Mesmo assim, ela comentou:

— Hum… Meus parabéns. Bem como eu imaginava. Menino de sorte. – Referindo ao estado de excitação do rapaz. João sorriu e, ainda meio envergonhado, com a voz trêmula, agradeceu o elogio.

A massagem continuou na região do peitoral e, lentamente, foi descendo pelo abdômen, não demorando muito até chegar às coxas do rapaz. Aline percebeu que João já estava extremamente excitado, então sorriu e comentou:

— Você gosta de óleos quentes, querido?

Quem é João?

Antes mesmo que ele respondesse, ela lambuzou toda sua região íntima com um creme de massagem próprio para a área. Inesperadamente, para João, Aline segurou seu pênis, massageando-o de cima para baixo, oscilando movimentos bruscos e lentos:

— Parece que vou precisar das minhas duas mãos aqui (risos) – comentou a moça.

Os toques de Aline faziam João contorcer-se de prazer à beira do orgasmo. Com as duas mãos, ainda usando o creme de massagem íntima, ela deixou o pênis do rapaz pulsando de tesão. Parecendo saber muito bem o que pretendia fazer, com voz sedutora, ela sussurrou:

— Aceita um pequeno brinde, querido?

— Confio em você. Pode fazer o que quiser comigo (risos) – João respondeu, sem pensar muito.

— Você deveria me cobrar para fazer isso. Eu estou adorando massagear esse membro gostoso – brincou ela.

E ele reagiu, dizendo:

— Vai, safada. Me chupa gostoso.

Diante da situação, Aline também já não se aguentava de tanto tesão e estava no limite do profissional. Ela continuou a massagear o pênis de João, agora com força e rapidez. Ela o escalava com as mãos e ele não se aguentou e falou:

— Continua, safada, gostosa. Não pare.

— Eu não conseguiria parar nem se quisesse, safadinho – comentou ela.

— Então continua, safada. Estou quase lá.

Aline empolgou-se com as reações do rapaz e tentou satisfazê-lo com a massagem. Após alguns segundos, enfim, João gozou abundantemente. Aline, com o semblante de satisfação e vendo a expressão de felicidade dele, comentou:

— Quanta porra você me deu, hein! Que delícia! Adorei fazer isso. Me deu até vontade (risos). Se você voltar mais vezes aqui vai ganhar um brinde exclusivo para clientes especiais.

— É claro que vou voltar. Eu adorei essa massagem tântrica que você fez – João falou, ainda exausto e ofegante.

Eles, então, combinaram de manter o tratamento com encontros semanais.

Carinhosamente, Aline deu uma tapinha nos ombros de João e disse:

— Pode vestir-se, querido. Acabamos.

Ela acompanhou-o até a saída e, na despedida, reforçou:

— Até a semana que vem, João. Estaremos esperando pelo senhor aqui.

João despediu-se de Aline e da recepcionista e, feliz, foi embora.

Depois que ele saiu, a recepcionista comentou:

— Rapaz bonito. Deve ser rico. Precisamos agradá-lo para fidelizar o cliente. Aline sorriu, concordando gestualmente.

11

Cheiro de sexo

Ruth estava no trabalho. Naquele dia, ela não saiu para fazer publicidade em ambiente externo. Ficou em sua sala, pois precisava estudar sobre os novos produtos que seriam comercializados pela empresa.

O chefe, como sempre empolgado, entrou na sala falando:

— Bom dia, Ruth. Tudo bem aí? Precisamos começar a trabalhar os novos produtos ainda este mês, para não fechar o orçamento no vermelho. Estou dependendo de você, porque Maria saiu de licença-maternidade outra vez.

— Não se preocupe, Freitas. Vou fazer o melhor que eu puder.

Olhando bem para ela, ele comentou:

— Você está muito quieta ultimamente. Percebi que seus rendimentos caíram. Você está bem? Precisa de alguma coisa? Nos conhecemos há anos. Você sabe que nossa relação é mais do que trabalho, não é?

— Me perdoe. Estou com problemas familiares. Mas já voltarei ao meu normal.

— Então seu marido descobriu alguma coisa, não foi? Eu lhe avisei para não exagerar. Uma hora isso ia acontecer.

Ela sorriu e disse:

— Logo as coisas voltarão ao normal e seu rendimento vai subir gostoso (risos). Vou te pegar de jeito, chefinho.

— Faz tempo que não fazemos hora extra, não é mesmo? (risos). Essa sua bundinha linda me deixa doido.

Ela sorriu mais uma vez e falou:

— Por enquanto vamos focar no trabalho de verdade, ok, senhor Freitas?

— Como a senhora desejar, dona Ruth. Eu sei que vai valer a pena esperar (risos) – ele respondeu, já saindo da sala.

João voltou do centro e ligou para seus amigos convidando-os para almoçar em sua casa. Bianca foi a última a chegar e logo brincou:

— Vida boa, hein João? Não quer nada com os estudos.

— Pois é... Precisei relaxar um pouco, mas não abandonei os estudos ainda não – ele respondeu.

Katharine também questionou-o:

— O que aconteceu para você faltar a escola hoje?

—Nada de importante. Só queria um pouco de relaxamento hoje – comentou o rapaz, sorrindo discretamente.

César, que havia ido buscar bebidas no freezer, serviu água aos seus amigos e comentou:

— João, estou empolgado. Acho que a bolsa de estudos vai rolar.

— Não vejo como você pode perder. Eu sei que você vai conseguir.

João, então, olhou para Katharine e perguntou:

— E você, Kate? Vai ser nossa dentista mesmo?

César entrou na conversa, comentando:

— Agora acho que vai! Ela está diferente. Parou de beber e de sair à noite.

Bianca, tocando em João, interrompeu os amigos e disse:

— João, que perfume é esse? O que você fez hoje? Fale a verdade.

João sorriu mais uma vez e respondeu:

— Fui ao centro fazer uma terapia de relaxamento. Não estava me sentindo muito bem. Mas não quero falar sobre isso. É hora de almoçar. Comprei muita comida. Por favor, não deixem sobrar nada.

Mais tarde, depois do almoço, João despediu-se de seus amigos e dormiu no sofá da sala por um longo tempo. Por volta das 18h, Ruth chegou do trabalho, aproximou-se de João, deu um beijo em seu rosto e perguntou:

— Como passou o dia, querido?

Antes mesmo de João responder, Ruth comentou:

— Que cheiro diferente é esse, hein, menino?

— Eu convidei o pessoal para almoçar aqui hoje

Ruth perguntou mais uma vez sobre o cheiro de óleos de massagens que ainda estava em João, que respondeu:

— Fui a uma casa de estética e de relaxamento hoje. O cheiro deve ser de lá. Bianca também perguntou sobre esse cheiro.

Quem é João?

— Hum… Acho que essa menina gosta de você… – comentou Ruth.

João interrompeu-a e disse que estava pensando em fazer um curso de guitarra, mas que iria precisar de dinheiro extra para começar. Estranhando o comentário, ela lembrou-o que ele tinha bastante dinheiro reservado no banco por ser sócio na construtora da família de seu pai. E lembrou-o também que, pela idade, não precisava de permissão para acessar seus recursos.

Sorrindo, João comentou com sua mãe que preferia que ela fizesse parte de suas escolhas e que gostava de suas opiniões, pois o deixava seguro. Ruth encerrou a conversa dizendo que precisava tomar banho e que queria mais detalhes sobre o curso de guitarra durante o jantar.

12

Foco no futuro

João estava empolgado em começar suas aulas de guitarra. Diferentemente de seus amigos, ele não pretendia cursar faculdade. Seu foco era administrar a empresa de construção civil da família e, futuramente, transformar seu hobby em profissão, tornando-se um músico.

Ele conhecia um cara que era considerado um bom professor de guitarra da região e o propôs pagar bem por aulas particulares três vezes por semana: às segundas, às quartas e às sextas-feiras. O músico aceitou a proposta não só pelo dinheiro, mas, principalmente, pela amizade com João e por acreditar que ele tinha potencial para ser um bom músico. João, que já tocava violão desde a infância, não teria dificuldade em aprender a tocar guitarra, pois há significativa semelhança entre os instrumentos.

No dia seguinte, João novamente não foi para a escola. Ficou dormindo até mais tarde, pois depois do almoço começaria suas aulas particulares e preferiu dedicar toda a sua concentração ao curso de guitarra.

Katharine e Bianca debatiam sobre algumas questões que não tinham conseguido resolver na tarde do dia anterior, quando se encontraram para estudar juntas na casa de Bianca. Resolveram, então, compartilhar suas dúvidas com César, pois, para elas, devido ao seu histórico e empenho nos estudos, ele era a pessoa certa para ajudá-las.

Com a ajuda dele, as moças conseguiram resolver as questões e tirar todas as dúvidas. Bianca, então, comentou que César era realmente bastante dedicado e que estudar com ele era de grande ajuda para elas. Então, ele disse que elas podiam contar com ele sempre que precisassem. César era fanático por estudos e seus planos para seu futuro eram ambiciosos. Concorrendo à bolsa de estudos para cursar Medicina na França, logo teria a resposta.

À noite, na casa de João, durante o Jantar, Ruth perguntou-lhe sobre o curso de guitarra e sobre sua decisão de não fazer faculdade. Ela pediu para que ele pensasse mais um pouco sobre o assunto e tentasse conciliar seus

Quem é João?

planos artísticos com uma faculdade. Tranquilo, ele parecia ter certeza de suas decisões, respondeu que havia escolhido o melhor instrutor de guitarra da região e que a primeira aula tinha sido muito produtiva.

Ruth disse que o apoiaria, em suas decisões, e se colocaria à disposição para ajudá-lo, no que fosse necessário.

13

Lívia Machado

Naquela semana, quinta-feira, por volta das 10h, João recebeu uma ligação de sua avó, mãe de José Henrique, dona Lívia Machado, de 63 anos. Ela estava surpresa e entristecida com a separação repentina de José Henrique e Ruth, além de preocupada com o que teria acontecido entre eles, pois não havia indícios de crise no relacionamento e, portanto, ninguém da família conseguia entender o que havia motivado a separação.

Dona Lívia era casada com o pai de José Henrique, de 80 anos, que morava nos Estados Unidos havia anos e eventualmente a visitava para tratar dos negócios e reunir a família, fazendo grandes festas e viagens. Dona Lívia, junto a seu filho e por conta da saúde frágil de seu marido, cuidava há tempos e com muita competência, dos negócios da família.

Angustiada, dona Lívia queria saber de João o que havia acontecido e ajudá-lo caso alguma providência precisasse ser tomada para contornar a situação de crise familiar em que se encontravam.

À tarde, por volta das 14h, João chegou à casa de sua avó. Ela logo questionou-o sobre os motivos da separação. O rapaz respondeu que parecia ter sido tudo amigável e que em nenhum momento houve qualquer briga entre o casal. Ele tentou tranquilizar a avó ao mesmo tempo em que degustava os deliciosos quitutes preparados para ele.

Sabendo da preocupação da avó, João poupou-a de qualquer informação que causasse embaraço entre ela, Ruth e José Henrique. Confessou que adorava visitá-la por causa de suas agradáveis conversas e a fartura de comida gostosa que ela preparava. Durante horas ele ficou relembrando bons momentos dos encontros da família e fez sua avó dar belas gargalhadas com suas brincadeiras e com as imitações que fazia de seu avô.

João ficou conversando com dona Lívia até tarde e só voltou para sua casa próximo às 21h. Ao chegar em casa, ele escutou os roncos de Ruth, que já dormia profundamente. O jovem, sem fazer muito barulho, foi logo tomar um banho quente e preparou-se para dormir.

14

Clima tenso e reencontros

No dia seguinte, João recebeu uma ligação de César, convidando-o para irem juntos ao bar, onde comemoraram o aniversário de Katharine, lembrando-o das lindas garçonetes que queriam conhecê-los na época. João, no entanto, lamentou, mas teve que recusar o convite, pois teria aulas de guitarra até mais tarde e o tempo ficaria curto para sair naquele dia.

Com a negativa de João, César resolveu ligar para Katharine e convidá-la para ir à sua casa para verem um filme juntos, pois como ela havia parado de beber, evitava ir a festas e lugares com gente desconhecida, ainda que acompanhada dos amigos. Contudo a moça também não estava disposta a sair de casa naquele dia, comentando, inclusive, que havia acabado de recusar um convite de Bianca para irem a uma festa de aniversário juntas. Pensando nisso, Katharine sugeriu que César conversasse com a amiga sobre irem juntos à tal festa. César gostou da ideia e ligou para Bianca para combinarem o horário.

César comentou com Bianca que já havia sido dispensado por João e Katharine e só sobrara ela para acompanhá-lo no fim de semana. Bianca, rindo, comentou que também tinha acabado de tomar um fora de Katharine, que negara seu convite para irem juntas a uma confraternização de uma velha conhecida de sua família. Rindo, César comentou:

— Terei que te acompanhar nessa tal festa, pois também não achei ninguém melhor para sair comigo.

Rindo da brincadeira de César, respondeu:

— Você vai ter que ir comigo e me tratar como uma princesa, pois eu fui a única pessoa que te aceitou, ouviu, menino?

— Então vamos, minha princesa. Te pego às 19h. Esteja pronta quando a carruagem chegar – falou o rapaz, quase gargalhando.

No sábado à noite, como combinado, às 19h, César chegou em frente ao condomínio de Bianca. A moça estava muito bonita. Usava um vestido branco de alcinha até o meio de suas coxas, expondo suas belas pernas. Ao entrarem no carro do rapaz, ele comentou:

— Poxa, você é muito linda mesmo.

— Você também, amigo. Seu perfume está delicioso. Assim vou me apaixonar – respondeu Bianca, dando risada.

A festa não era longe dali e em menos de dez minutos os dois já haviam chegado. Bianca ficou encantada com a decoração do lugar e com a elegância dos demais convidados. Havia cerca de mil pessoas no salão de festa. César encontrou uma mesa muito bem localizada em relação às bebidas, pois os garçons serviam-nos a todo o momento. Os dois estavam se divertindo muito. Eles observavam e comentavam sobre as pessoas da festa, pois apesar de ser uma festa de 15 anos, a quantidade de idosos era muito grande. César e Bianca não dispensavam nenhum petisco que lhes ofereciam.

Por volta das 20h30, César viu José Henrique em uma mesa próxima a eles e comentou:

— Olha, Bi. Aquele homem ali é o pai de João, seu José Henrique

Por ser vizinha deles, ela já o conhecia de vista, mas nunca havia falado com ele. Contudo, já um pouco bêbada, ela decidiu conversar com ele e levou César, puxando-o pela mão, em direção à mesa onde estava o José Henrique. César pareceu não gostar da ideia, mas não contrapôs a amiga e foram até ele.

Ao chegarem à mesa do pai de João, César cumprimentou-o com um aperto de mão e disse:

— Boa noite, seu Zé. Como está o senhor? Essa é Bianca, amiga de João

José Henrique já conhecia César, por ser amigo de seu filho há muitos anos, mas não conhecia Bianca. Educadamente, ele respondeu ao cumprimento de César:

— Oi, Cesinho. Tudo bem com você? Como estão seus pais? Muito bonita a sua namorada. Parabéns!

— Tudo bem! Nós somos só amigos. Estamos passeando aqui na festa – disse César.

José Henrique convidou-os para se sentarem em sua mesa falou:

— O pai da aniversariante é sócio da minha empresa de engenharia, então resolvi passar aqui para cumprimentá-lo, mas já estou de saída. Vocês estudam com meu filho, não é mesmo?

— Sim, estudamos juntos e somos vizinhos também. Moro em frente a vocês – Bianca respondeu.

Quem é João?

José Henrique comentou com os dois que João falava muito dos amigos e completou:

— Então você é a famosa Bianca, não é mesmo?

— Sim, sou eu. Então ele já te contou que sou linda de olhos verdes, não foi? (risos) – brincou Bianca.

— Melhor não responder isso. Te deixaria muito convencida (risos). Mas é óbvio que qualquer homem te acharia linda. Não é mesmo, César? – rebateu José Henrique.

— Pois é, Bianca é muito bonita mesmo. E há muito tempo que ela já é convencida. Não se preocupe com isso (risos) – respondeu César ao comentário do pai de João. Então ele percebeu que mais uma pessoa conhecida estava na festa e disse:

— Um momento. Vou ali falar com alguém. Volto já.

— César, não demore muito para vir buscar sua amiga, pois logo terei que sair – falou José Henrique.

César foi em direção à pessoa que havia avistado e ao aproximar-se, perguntou:

— Katharine, você veio? Por que não quis vir com a gente?

— Resolvi dar uma voltinha rápida e ver se vocês estavam bem – ironizou a moça.

Katharine comentou que os vira e que já iria encontrá-los, mas que antes tinha parado para falar com Evelyn.

— Quem é Evelyn? – questionou César.

— Menino lerdo… Evelyn é nossa colega de turma. Evelyn! Vem cá! Venha falar com esse moço lerdo aqui. Ele disse que não se lembra de você – disse Katharine, abusando dos colegas.

Evelyn, sorrindo, aproximou-se deles e cumprimentou César com um aperto de mão e um beijo no rosto, comentando:

— Homem alto! Quase não alcanço (risos).

Nesse momento Katharine comentou que ia ao banheiro rapidinho e logo estaria de volta.

— Só assim para você falar comigo, não é, moço bonito? – comentou Evelyn com César. Ele, sorrindo, respondeu:

— A recíproca é verdadeira. Você também não fala comigo, não é mesmo?

Evelyn comentou que ficava intimidada com ele, pois ele era muito inteligente e bonito. Olhando intrigado para a moça, ele respondeu:

— Eu vou falar com você todos os dias na escola. Não se preocupe.

Katharine, voltando do banheiro, perguntou:

— Você não quer se sentar com a gente? Onde está Bianca?

Evelyn, imediatamente, comentou que não poderia permanecer com eles, pois precisava voltar à mesa onde estava sua família. Contudo confirmou que conversariam durante as aulas.

De repente, antes que César falasse qualquer coisa, Katharine olhou em volta e, abruptamente, meio assustada, gaguejando, externou que seria melhor ir embora logo, pois tinha muita bebida alcoólica ali e ela continuava evitando beber. E completou dizendo:

— Está me dando enjoo só de olhar.

César comentou que também já estava de saída e que poderia levá-la embora. Enquanto Kate esperava, sentada, meio enjoada, ele foi buscar Bianca, que conversava empolgada com José Henrique. Ao aproximar-se de Bianca, César disse:

— Bi, Katharine está aqui e precisa que eu a leve para casa. Precisamos ir".

Bianca procurou-a, viu-a conversando com Evelyn e respondeu:

— Ok! Vamos lá. Evelyn também vai com a gente?

— Não, ela está com a família – respondeu César.

Bianca, despedindo-se de José Henrique, comentou, olhando em seus olhos:

— Foi um prazer conhecer o senhor, seu José Henrique. Perdoe o incômodo. Qualquer dia vou lá visitar vocês.

— Não é nenhum incômodo. Os amigos de João são sempre bem-vindos onde eu estiver. Boa volta para vocês – ele disse, comentando, ainda, que não morava mais com a família, pois havia se separado de Ruth recentemente. E aproveitando a empolgação de Bianca, fez um convite: – Amanhã estarei no Bar do Rei. Vai ter música ao vivo. Se você quiser aparecer, conversaremos mais". Bianca respondeu que não saía muito, mas, talvez, aparecesse para conversar. José Henrique, então, pediu o contato dela para confirmar caso ela resolvesse ir. César estava distraído falando com o garçom e não prestou atenção na conversa de despedida entre os dois.

Quem é João?

Vendo que Katharine não estava bem, César apressou Bianca, puxando-a pela mão e se despedindo do pai de seu amigo. Bianca ainda finalizou dizendo:

— Tchau, seu Zé. Deixa eu ir logo para esse chato não me deixar aqui sozinha (risos).

César deixou Bianca em casa e Katharine seria a próxima. No caminho, ele perguntou o motivo de a moça ter mudado de ideia e ido à festa. Ela respondeu que só queria dar uma volta. Katharine contou que a aquela noite no bar a deixara traumatizada. César insistiu em saber o que a deixara daquele jeito. Ela respondeu que não lembrava exatamente o que tinha acontecido, mas achava que poderia ter transado com o cara que estava com ela. Ela não se lembrava direito de quem era o cara e estava com medo de encontrá-lo novamente.

César comprometeu-se a ajudá-la e disse que a melhor solução seria procurar o rapaz e saber o que havia acontecido naquele dia. Katharine disse que aceitaria a ajuda de César, pois em algum momento ela poderia precisar.

15

A tentação de Bianca

No dia seguinte, por volta das 9h do domingo, João chegou do futebol e resolveu descansar o resto do dia, assistindo a um seriado em sua casa.

César almoçou com sua família e não saiu para encontrar os amigos.

Katharine e Bianca conversaram por telefone e Bianca comentou o quanto rira na festa junto a César antes de encontrarem o pai de João, seu José Henrique.

Katharine lamentou não ter conhecido o pai de João perguntou se ele era bonito como o filho. Bianca respondeu que não reparou nos detalhes, mas, a princípio, não viu semelhança entre eles. Então Kate mudou de assunto, questionando a amiga se ela já havia percebido que Evelyn tinha interesse em César. Bianca respondeu que claro que sim, que não só ela, mas todas as meninas, gostavam de César e João. "Eles são lindos", concluiu a moça.

Katharine, meio emburrada, questionou o porquê de Bianca não conseguir deixar João de fora das conversas. Bianca sorriu e, disfarçando, disse:

— Amiga, é hora de almoçar. Depois conversamos mais, ok?

— Ok, Bi. Menina, você precisa disfarçar melhor. Amanhã a gente se vê. Beijinhos, querida" – respondeu Kate.

Por volta das 17h, o telefone de Bianca tocou. Um número desconhecido chamava-a. Ao atender a ligação, ela ouviu uma voz masculina dizendo:

— Oi, Bianca. Tudo bem?

Ela reconheceu a voz e, meio nervosa, respondeu:

— Oi, seu José Henrique. Estou bem. E o senhor? Como está?

— Tudo ótimo, minha querida. Estou te ligando para te lembrar do evento que lhe convidei ontem. Se você for, eu posso passar em sua casa para irmos juntos – respondeu ele, com a voz grave e serena.

— Não sei se devo sair hoje. Eu demoro muito para me arrumar.

José Henrique insistiu:

Quem é João?

— Vamos, Bianca. Você vai gostar.

Bianca tentou mudar de assunto e comentou:

— Falei de você para Katharine e ela ficou curiosa em te conhecer.

— Chama ela para ir com a gente hoje.

— Melhor não. Ela está evitando sair de casa porque quer parar de beber. Seu José Henrique, o senhor me convenceu. Vou me arrumar e te encontro lá às 18h30, está bem?

E ficou combinado de se encontrarem logo mais à noite no bar.

À noite, por volta das 19h, Bianca chegou ao bar e olhou em volta procurando o pai de João. Ele viu-a e acenou para ela, que veio em sua direção. Ao se aproximarem, José Henrique sorriu, abraçou-a e deu um beijo em seu rosto, dizendo:

— Muito bom te ver, querida.

Bianca, sem demora, pegou o copo de uísque da mão dele e tomou de uma vez toda a bebida. Ele rapidamente a puxou para dançar, deixando-a um pouco envergonhada, mas foi receptiva a sua imposição física. Depois de dançarem juntinhos por alguns minutos, eles foram se sentar em uma mesa que ele havia reservado.

Ele queria saber mais sobre Katharine e por que ela gostaria de conhecê-lo. Bianca, rindo, contou que ela também era amiga de João e que tinha ficado curiosa para saber se o pai era tão bonito quanto o filho. José Henrique perguntou a Bianca sua opinião a respeito. A moça ficou envergonhada com a pergunta e, gaguejando, respondeu que os dois eram muito bonitos.

José Henrique serviu mais bebida para Bianca enquanto ela tentava falar mais sobre Katharine. Ele sorriu, interrompeu-a e disse:

— Que bom que você veio. Seria sem graça ficar aqui sozinho.

A moça retribuiu o sorriso e falou:

— Me conte mais sobre sua família.

José Henrique disse que tinha se separado amigavelmente de Ruth havia pouco tempo, e, no momento, estava morando sozinho. Sem dar tempo de Bianca fazer mais perguntas, José Henrique tentou saber mais sobre ela, questionando:

— Me conte sobre você, querida. Qual a sua idade? Com quem mora? Você tem namorado?

Envergonhada, ela respondeu:

— Não tenho namorado, moro com minha mãe e minha avó. Farei 18 anos no final deste mês.

— Precisa me convidar para a festa – José Henrique brincou.

Ela, então, respondeu com uma expressão triste:

— Não teremos festa este ano porque a minha avó está se tratando de um câncer no cérebro e não estou no clima. Mas é certo que seu filho e a galera vão querer fazer algo para mim. Todo ano fazem.

Após o comentário de Bianca sobre o aniversário, José Henrique comentou:

— Torço para que sua avó fique boa logo. Acredito que ficará bem. Hoje em dia temos tecnologia avançada para tratar esse tipo de problema. Mas eu acho que você merece pelo menos uma pequena comemoração. Você aceita que eu a convide para um discreto encontro para comemorar seu aniversário?

— Sim. Se não rolar nada com meus amigos a gente pode comemorar sim.

— Então estamos combinados. Eu te ligo às vésperas para acertarmos os detalhes – disse José Henrique.

Não demorou muito e Bianca resolveu que precisava voltar para casa, pois tinha aula na manhã seguinte. Além disso, sua mãe poderia precisar de sua ajuda. Ela tentou resistir à carona de José Henrique, mas ele convenceu-a e levou-a até em frente ao seu prédio onde ela morava. Eram aproximadamente 21h quando lá chegaram.

— Adorei sua companhia. Foi um prazer conversar com você.

Bianca respondeu:

— Foi um prazer, seu José Henrique.

Imediatamente, o pai de João pediu que Bianca não o chamasse de "seu", apenas de José Henrique.

Após o pedido de José Henrique, Bianca sorriu e falou que precisava entrar ou sua mãe viria atrás dela. Ele, então, pediu um abraço, e foi atendido rapidamente por ela, que se virou e abraçou-o. José Henrique logo a puxou e, inesperadamente, eles beijaram-se.

José Henrique trouxe-a para bem mais próximo dele e, enquanto se beijavam, passou a mão em suas coxas. Bianca não resistiu aos beijos de José Henrique e também o abraçou com força. Aos poucos, a mão de José Henrique subiu por baixo do vestido da moça, que o apertava fortemente contra o seu corpo.

Quem é João?

Bianca, com os carinhos feitos por José Henrique, deu um suave gemido, dizendo:

— Ai, ai... Vai, gostoso...

Então ele enfiou os dedos em de sua calcinha, esfregando seu clitóris. Bianca estava muito molhada. José Henrique segurou-a com força e acelerou cada vez mais os movimentos, masturbando-a por alguns segundos. Bianca não se aguentou de tesão e, instintivamente, gemeu cada vez mais alto, não conseguindo se controlar. Arranhando as costas de José Henrique e o apertando forte enquanto os pelos de seus braços arrepiavam e suas pernas tremiam, ela, enfim, teve seu primeiro orgasmo.

Repentinamente, Bianca puxou a mão de José Henrique para fora de sua calcinha e começou a chorar, dizendo:

— Me solta, não quero.

E sem dizer mais nada, saiu correndo do carro, indo em direção a sua casa. Bianca estava confusa, pois por ser muito caseira e próxima a sua mãe e a sua avó, nunca havia tido relação sexual nem havia sentido aquilo antes.

16

Bianca apaixonada

Na manhã seguinte, no intervalo da aula, João, César e Katharine encontravam-se no pátio da escola e conversavam sobre seus planos para o ano seguinte. Eles estavam concluindo o ensino básico ao final daquele período. Bianca, no entanto, ficou na sala de aula sentada sozinha e pensativa. Ela estava confusa e envergonhada em relação ao que acontecera entre ela e o pai de João na noite anterior. Não estava conseguindo disfarçar suas emoções e temia que seus amigos descobrissem o que ela havia feito.

Curioso, João perguntou aos amigos sobre Bianca. César respondeu que ela não havia saído da sala de aula e Katharine completou dizendo que ela estava muito quieta naquele dia. João comentou que o motivo talvez fosse a saúde da sua avó.

Ao voltarem para a sala de aula, Katharine perguntou a Bianca se ela estava bem. Balançando a cabeça, a moça respondeu que sim. Os rapazes apenas olharam-na e deixaram-na quieta, sem falar nada, pois perceberam que Bianca não estava muito disposta a conversar.

Ao fim da aula todos saíram e, Bianca, distraída, continuou sentada de cabeça baixa. A professora chamou a atenção dela dizendo que ela já podia sair, pois a aula já havia acabado. Bianca assustou-se e saiu rapidamente, pedindo desculpas à professora pela sua distração.

17

O brinde de Aline

No dia seguinte, uma terça-feira, João voltou ao centro de estética e relaxamento para uma nova sessão com Aline. Novamente havia faltado às aulas na escola. Ele apresentou-se na recepção e avisou que estava voltando para seu segundo dia de massoterapia.

A recepcionista conferiu o pedido de João e solicitou que ele aguardasse que Aline o chamaria. Não demorou muito e Aline chamou-o para entrar:

— Sala 03, seu João, por favor.

Ao entrarem, ela sorrindo, comentou:

— Voltou mesmo, hein, mocinho. Gostou do meu trabalho, não foi?

João confessou que ficou satisfeito com o trabalho e gostaria de continuar o tratamento. Aline pediu para João tirar a roupa e colocar uma toalha em volta da cintura, como da primeira vez. Dessa vez, ele rapidamente fez o que ela pediu e subiu na maca de peito para baixo, enquanto Aline preparava-se para começar.

Aline começou massageando os ombros e as costas, durante 20 minutos. Seguiu depois pelas coxas e panturrilhas. Não demorou muito e retirou a toalha, e pediu para que João virasse de peito para cima. Ele já estava totalmente excitado. Seu membro latejava perto do rosto dela. Ela massageou seu peitoral, descendo para suas coxas. Em um determinado momento, subiu na maca, pondo seus joelhos na altura dos ombros dele e a boca na direção de suas coxas. Ela vestia calça legging e top pretos. Começou a chupá-lo devagar e, aos poucos, acelerou os movimentos.

Cheio de tesão, João agarrou a calça de Aline com as mãos e puxou-a para baixo, até o joelho, deixando-a com a bunda totalmente exposta. Ela estava sem calcinha. Ele olhou a pele branca de sua bunda, a parte íntima lisinha e molhada, e começou a chupar seu clitóris, ficando na posição de "meia nove" com ela, que também não aguentou e começou a gemer de tesão. Ela começou a rebolar um pouco e esfregar-se na língua do jovem. Não demorou muito e ela deu uns gritos involuntários, sinalizando seu orgasmo, que o fez no rosto do rapaz. Empolgada, ela masturbou-o e chupou com força, até fazê-lo gozar em sua boca.

Após gozarem, eles ficaram deitados um sobre o outro por alguns segundos, moles e lambuzados. Em seguida, João e Aline, ainda sorridentes e eufóricos, beijaram-se. Aline, então, interrompeu-o:

— Foi bom, mas deve ter clientes lá fora. Vamos repetir na próxima terça, viu querido? Temos muita terapia para fazer (risos).

Eles limparam-se e despediram-se. Na saída, o jovem marcou uma nova sessão para a semana seguinte.

Mais tarde, ao chegar em casa, Ruth encontrou João cochilando no sofá da sala e ao beijá-lo no rosto sentiu novamente o cheiro de quando havia voltado da massoterapia. Desconfiada e com a mão na cintura, perguntou:

— João, esse cheiro novamente. O que você anda fazendo?

Envergonhado, ela olhou-a e permaneceu calado. Já imaginando o que João poderia estar fazendo, ela comentou:

— Deixa quieto. Você é inteligente e sabe o que faz. Daqui a pouco iremos jantar. Agora vou aqui tomar um banho.

18

Evelyn, o plano C de César

Naquele período, César tinha intensificado seus estudos em função das provas de vestibular que se aproximavam. Especialmente naquele dia, ele estava bastante concentrado. Em determinado momento, ligou para Katharine para pedir um livro de Biologia para resolver mais questões.

Katharine resolveu ir à casa de César para levar alguns livros e aproveitar para estudar com ele, já que ela também pretendia cursar a área da saúde. César gostou da ideia de estudar com Katharine, pois enquanto ele explicava algo para ela acabava revisando conteúdos e fixando ainda mais seus conhecimentos.

No dia seguinte, João e César estavam na escola e João falou sobre o curso de guitarra e que estava adorando fazer. César, em apoio ao amigo, comento

— Qualquer dia vou lá com as meninas vê-lo tocar.

Gargalhando, João adorou a ideia e agradeceu o apoio do amigo.

Katharine veio caminhando lentamente ao encontro de João e César. Ao chegar perto deles comentou:

— Onde você estava, John? Senti saudade.

— Perdi a hora. Dormi até mais tarde hoje – João respondeu.

— Se quiser ajuda para repor as matérias pode contar comigo – ela disse.

— Obrigado, Kate! Você será minha primeira opção – agradeceu o rapaz, sorrindo.

César olhou para o relógio e comentou:

— Vamos entrar. Já estamos atrasados.

João, preocupado, questionou por que Bianca não estava ali com eles. César, então, comentou discretamente:

— Bianca tem estado diferente ultimamente.

— Preciso falar com ela para saber como está. Acredito que a avó dela pode ter piorado. Espero que esteja tudo bem – falou João.

Ao entrar na sala, César viu Evelyn no fundão e lembrando sobre o que tinham conversado, foi até ela e disse:

— Oi, amiguinha. Como você está? Por que você só senta aqui no fundo?

— Vem cá, gatinho. Fica aqui comigo – respondeu a garota, sorrindo.

César ficou vermelho com as palavras da moça e disse:

— Eu não estou acostumado a sentar aqui no fundo, mas vou te fazer companhia hoje, ok?

— Eu adoro ficar aqui no fundo. Você não sabe como é interessante. Aqui vejo todo o movimento da sala. Vejo todo mundo. Fico aqui só observando os bonitões da sala sem eles notarem que os observo. – Sorriu Evelyn após seu comentário.

— Como assim, observando os bonitões? – questionou César.

Nesse momento Evelyn riu e falou:

— Você é um deles. Eu fico aqui só te olhando concentrado nas aulas e nos estudos. Acho bonitinho. Pena que não é para o meu bico (risos).

César, gargalhando, disse:

— Tá brincando, né Evelyn?

— Não. Vocês nunca olharam para mim aqui no fundo. Mesmo assim eu fico aqui sonhando acordada.

— Você é uma pessoa engraçada. Precisamos conversar mais vezes. Vou sempre sentar aqui com você de hoje em diante (risos) – falou César.

Evelyn comentou:

— Duvido que você abandone seus amigos lá na frente para ficar comigo aqui no fundo durante toda aula

— Não precisa. Qualquer problema eu grito daqui mesmo (risos) – respondeu ele.

Na quarta-feira, após a aula de guitarra, ao chegar em casa, João encontrou Ruth, que havia voltado mais cedo do trabalho naquele dia, deitada no sofá. Ele olhou-a e disse:

— Oi, mãe! Que surpresa te encontrar aqui mais cedo. Está tudo bem?

Meio abatida, Ruth respondeu:

— Tudo bem, querido. Ainda bem que você chegou. Faça um lanche aí para a gente comer, por favor. Estou aqui morrendo de preguiça".

João adorou a ideia, pois também estava com fome e gostava das conversas que mantinham nesses momentos.

Quem é João?

No colégio, assim como no dia anterior, Bianca não apareceu. Ainda estava confusa por causa da sua relação com José Henrique. Por não conseguir disfarçar suas angústias, ela evitava encontrar João e os demais amigos. Ela não sabia descrever o que sentia naquele momento. Parecia estar bastante atraída por José Henrique e não sabia como lidar com esse sentimento, pois, não obstante, sua paixão era justamente o filho dele.

Enquanto isso, como havia prometido a sua nova amiga, César ficou no fundo da sala, fazendo-lhe companhia. Eles conversavam bastante e os assuntos iam surgindo naturalmente e, por vezes, até gargalhavam das piadas um do outro. A química entre os dois parecia ser muito boa. Porém, em determinados momentos, por parte de ambos, a conversa ficava um pouco mais invasiva, o que não parecia ofensivo, pois, afinal, o objetivo era conhecerem-se melhor.

Em determinado momento, ele questionou o motivo de ela considerar-se rejeitada por alguns colegas e dizia não perceber tal rejeição e, sim, uma preferência da moça em manter-se reservada. Evelyn, constrangida com a colocação do colega, oportunamente mudou de assunto e disse ter percebido que apesar de ele ser sociável e ter outros amigos, não conseguia disfarçar seus olhares para Bianca. César, por sua vez, também constrangido com os comentários de Evelyn, sorrindo, tentou disfarçar seu embaraço e, meio envergonhado, respondeu que eram muito amigos, assim como Katharine e João, mas apenas amigos.

César contou a Evelyn de sua expectativa em conseguir uma bolsa de estudos para estudar Medicina.

— Que ótimo! E quando sai o resultado dessa bolsa? – questionou a sorridente Evelyn.

— Em breve sai os nomes dos contemplados. Estou muito ansioso. Espero que dê tudo certo. Eu tenho boas chances de conseguir – respondeu César.

— Parabéns! Estou torcendo por você. Onde você pretende cursar Medicina?

— Na França. Tenho conhecidos lá. Escolhi lá porque acho que vai ser mais fácil para me adaptar naquela região e caso tenha alguma dificuldade terei a quem recorrer – explicou César, que ficou eufórico e empolgado só em falar desse assunto.

Nesse momento, Evelyn já não demonstrou tanta alegria com os planos de César estudar fora, pois caso ele conseguisse essa bolsa de estudos seria inevitável eles se afastarem fisicamente e talvez não conseguissem mais se encontrar.

César percebeu o desapontamento de Evelyn quando soube que ele poderia ir para longe dela, mas disfarçou perguntando sobre os planos da moça para o próximo ano, já que aquele era o último ano que estariam na escola.

Evelyn comentou que pretendia cursar Direito, pois era de uma família tradicional nessa área e pretendia trabalhar no escritório de advocacia de seu pai. César ficou surpreso, disse estar admirado com os planos da moça e comentou que eles se pareciam, pois tanto ela quanto ele já tinham seus planos profissionais bem direcionados.

Ele lamentou estar chegando ao final da aula, pois o papo estava sendo agradável para ele, e apesar de estudarem juntos, era como se eles tivessem acabado de se conhecer. Evelyn demonstrava ser uma pessoa inteligente e bastante interessante em suas opiniões. César, então, confessou que adoraria manter essa relação de amizade que estavam construindo.

Ao fim da aula, Evelyn provocou César dizendo que ele não teria coragem de convidá-la para sair. Ele ficou sem jeito, mas, sem demora, disse:

— Você quer sair hoje à noite para conversarmos e nos divertirmos um pouco mais?

Com sorriso no rosto, a garota disse que adoraria, mas seus pais eram protetores e fiscalizavam sua vida, apesar de ela já ter 17 anos. Assim ela só podia sair se fosse perto de casa e rapidinho. Ele falou para ela:

— Então está combinado. Te pego às 19h, em frente à sua casa, e vamos ao shopping tomar açaí, ok?

Ela aceitou o convite e disse:

— Não vá me deixar esperando ouviu, menino bonito?

— Claro que não, minha querida – ele sorriu e disse.

Nesse mesmo dia, no período da tarde, João resolveu ficar em casa vendo seriados e cochilando no confortável sofá de sua sala, enquanto Katharine fez uma chamada de áudio para Bianca, que não havia postado nada no grupo dos amigos nos últimos dias.

Bianca atendeu à ligação de Katharine dizendo:

— Oi, amiga. Tudo bem?

— Eu é que pergunto, Bi. Você está bem? Nos últimos dias você sumiu e nem deu notícias. Sua avó está melhor? Aconteceu alguma coisa com você? Estamos preocupados – Katharine respondeu.

Quem é João?

Bianca respirou fundo e pareceu não saber o que dizer. Contudo disse timidamente:

— Estou bem, mas a minha avó ainda está em condições delicada de saúde. O câncer não está regredindo apesar dos tratamentos. Estamos muito preocupados com isso.

Katharine lamentou a situação e convidou Bianca para sair à noite para se distrair um pouco. Bianca prontamente respondeu:

— Obrigada, amiga, mas vamos deixar para outro dia. Prefiro ficar sozinha no momento. Preciso pensar na minha vida. Estou muito confusa com algumas questões pessoais.

Katharine despediu-se de Bianca e ao finalizar a ligação ficou pensativa e com a certeza de que algo havia acontecido a Bianca e que não era somente por causa dos problemas de família.

No fim da tarde, Ruth chegou em casa e encontrou João dormindo no sofá em frente à TV. Ela olhou para ele, que parecia estar em sono tão profundo a ponto de estar babando no travesseiro. Deu um beijo demorado em seu rosto, que o fez despertar, e disse:

— Olá, dorminhoco. Está cansadinho, não é querido?

João sorriu e respondeu:

— Estava num sono muito gostoso aqui, mas obrigado por me acordar. Se eu dormir muito não terei sono à noite.

Então Ruth propôs um jantar diferente nessa noite:

— Filho, o que acha de pedirmos estrogonofe para o jantar?

João adorou a ideia, como sempre, quando se tratava de comida com sua família. E enquanto Ruth caminhava para seu quarto, comentou:

— Preciso de um banho quente e demorado para dormir. Te ver dormindo me deu sono também.

Mais tarde, César ligou para Evelyn confirmando o encontro. Combinaram que César passaria na casa de Evelyn para pegá-la às 19h. No horário combinado, eles encontraram-se e foram a uma sorveteria em um shopping próximo dali. O casal tinha uma excelente química em suas conversas. César estava encantado com as opiniões e os questionamentos de Evelyn.

Ele comentou que adorava seu jeito de falar e que aprendia muito com suas ideias. A moça balançou a cabeça negativamente e, sorrindo, olhou para César, deixando-o intrigado.

— Acho que você não acredita em mim, não é Evelyn? – questionou ele.

— Menino, você quer que eu acredite que um gatinho como você não tem muitas mulheres aos seus pés? Me engana que eu gosto – rebateu a moça.

Incomodado com a fala de Evelyn, ele desabafou dizendo que não era bem assim como ela achava e completou:

— Eu sou um cara muito focado nos estudos e não saio muito para conhecer mulheres. Além disso, eu não sou um cara bom de lábia. Me enrolo todo quando falo com mulheres. Sem falar que eu ando bastante com João (risos). O cara é muito carismático e quando estamos juntos os olhares são todos para ele, entende?

Evelyn, sorridente e eufórica, balançou a cabeça negativamente e comentou de forma enfática:

— Menino, deixe de ser besta. Você é um cara muito especial. A maioria das mulheres querem ficar com você. É um privilégio para qualquer uma. Pode acreditar.

César agradeceu o elogio feito por Evelyn e perguntou a ela sobre sua vida amorosa. Ela, sem demora, respondeu:

— Como eu te disse, sou filha única e meus pais são muito protetores. Querem saber todos os meus passos. Nunca namorei. Dei apenas uns beijinhos, ano passado (risos).

— Me conta mais sobre isso – disse César.

— Foi durante as férias do ano passado. Fomos para a casa de praia do meu tio. Lá conheci um menino italiano que também estava de férias na região. Durante uma caminhada na praia nos encontramos e rolou um beijo. Nunca mais nos vimos e eu perdi o contato com ele.

— Minha curiosidade era sobre seus pais serem protetores com você. Confesso que preferia não saber do seu amigo italiano – disse César.

— Me desculpe – comentou Evelyn afagando o rapaz.

— Sem problemas – respondeu César.

O casal estava se divertindo com a conversa enquanto lanchavam e não perceberam que estava ficando tarde. Evelyn não costumava chegar tarde. E ela não percebeu que sua mãe já havia tentado falar com ela algumas vezes por telefone.

Ao ver as chamadas de sua mãe, Evelyn afobou-se e pediu para César levá-la em casa. Chateada, falou sobre o assunto, confessando não gostar do que ela considerava excesso de preocupação de seus pais.

Quem é João?

— Vamos logo para casa – concluiu ela.

Empolgado com a conversa, César lamentou ter ir embora e disse:

— Precisamos sair mais vezes. Me sinto muito bem conversando com você.

Evelyn, com o rosto sério e apertando os lábios, respondeu:

— Você precisa pedir permissão aos meus pais.

— Como assim, Evelyn? O que eu deveria falar com eles?

— Fale com eles que você quer namorar com a filha deles (risos), aí vamos poder sair sempre que você quiser. Não é melhor assim?

Tenso com a situação, o rapaz perguntou:

— É sério isso? Você quer mesmo namorar comigo?

Evelyn surpreendeu-o ainda mais dizendo:

— Se você quiser podemos namorar de verdade, sim. Se você não me achar boa o suficiente para você, a gente pode continuar saindo como amigos. Você é quem sabe, meu gatinho.

A essa altura dos acontecimentos, César ainda tinha uma patética paixão adolescente por Bianca. Contudo percebia que a moça não se interessava por ele de forma romântica. Além disso, ele e Katharine haviam se aproximado muito devido aos últimos acontecimentos, tornando-se mais amigos. Então César via a oportunidade cada vez mais distante de ficar com alguma de suas duas amigas mais próximas, Bianca e Katharine.

Ele pareceu não levar muito a sério a proposta de namoro de Evelyn, mas sentiu a malícia da moça e percebeu que valia a pena a experiência de relacionar-se com ela, pois além de uma excelente amiga teria também uma companheira com um pouco mais de intimidades.

César, que apesar de rico, bonito e inteligente, parecia ser o tipo de homem denominado "macho beta", aceitou a proposta de namorar com Evelyn.

— Eu quero namorar de verdade com você, mas como nos conhecemos há pouco tempo vamos devagar. Quero dizer... Sem muitas cobranças e obrigações. Vamos apenas namorar e nos divertir juntos. Mas prometo ser fiel e no tempo certo vamos avançando em nossa relação. Ok?

Evelyn olhou para César sorrindo da situação e comentou:

— Não sei se entendi bem, mas vou adorar ser sua namorada (risos).

Evelyn, safadinha, rapidamente tomou a iniciativa e deu um beijo molhado na boca de César, inclusive lambendo o sorvete do canto de sua boca. O rapaz também se aproveitou da situação e entre beijos e abraços o celular da moça vibrou insistentemente, causando risos ao casal.

Depois de alguns minutos de troca de carinhos, Evelyn voltou a pedir que César a levasse para casa para conversarem com seus pais. Ele concordou e, ao chegarem na casa de Evelyn, ela apresentou-o como seu namorado. Seus pais interrogaram-no, como era de se esperar. Ele, nervoso, gaguejou um pouco, mas depois de muitos abraços e confraternização, despediu-se de Evelyn em frente à sua casa.

Ele segurou-a pela cintura e ela puxou-o para si, esfregando-se nele bastante eufórica, e durante a troca de carinhos ela sussurrou, ofegante, que estava doidinha de tesão pelo rapaz.

O clima esquentou atrás de uma árvore em frente à casa de Evelyn e entre as carícias e amassos, ele sentiu os seios macios da moça junto ao seu corpo enquanto ela esfregava-se nele ao ponto de ele sentir o calor da virilha dela entre suas coxas. Ele puxou-a com firmeza e, respirando fundo, deu um último beijo, dizendo:

— Você vai me deixar doido. Preciso ir. Continuaremos isso em nosso próximo encontro.

Após se despedir de César e entrar em casa, durante o banho em seu quarto, Evelyn chorou bastante, sem ainda acreditar que, de fato, dessa vez, estava namorando um rapaz que sempre sonhara em ter. E enquanto a água batia em seu corpo e as lágrimas corriam pelo seu rosto, a moça não resistiu e, ao tocar-se em suas partes íntimas, sentiu prazer ao imaginar, arfante e ansiosa, pelo momento em que se entregaria ao seu novo amor.

César, por sua vez, voltava para casa cheio de dúvidas e seu maior desejo naquele momento era usufruir de maiores intimidades com Evelyn. Ele imaginou-se chupando seus seios, beijando-a por inteiro e, por fim, penetrando-a até o orgasmo.

Ao chegar em casa, resolveu tomar um banho frio para relaxar e dormir, porém, ao lembrar-se de tudo que havia acontecido naquela noite, não resistiu e naturalmente resolveu aliviar-se, masturbando-se enquanto imaginava o que poderia ter acontecido e o que estava por vir em seus próximos encontros. E, como sempre, preocupado com seus planos acadêmicos, preparou o material de estudo do dia seguinte.

19

O mistério de Katherine

No dia seguinte, Bianca não foi ao colégio. Estranhando a situação, Katharine perguntou a João se ele sabia de algo. Ele também estava curioso, pois não tinha visto a moça. Katharine olhou para o fundo da sala e viu César e Evelyn conversando animados. Ela não resistiu e deu um discreto sorriso. João sorriu do sorriso de Katharine e perguntou do que ela ria e ouviu:

— Em breve você vai saber.

No intervalo da aula, César foi com Evelyn ao encontro de João e Katharine. João cumprimentou os dois, porém olhou para eles surpreso, pois a situação era inesperada para ele. Katharine, no entanto, sorriu e brincou normalmente, inclusive abraçando e interagindo bastante com Evelyn, a nova integrante daquele seleto grupo de amigos.

Nesse período, Katharine, que se preparava para cursar Odontologia e havia parado de beber, escondia sua angústia por ter sido embriagada em sua última saída sozinha. Ela não se lembrava o que, de fato, havia acontecido e temia ter transado sem camisinha com o rapaz que a levara para casa.

César continuava dedicando-se muito aos estudos. Seu foco era tanto que não havia tempo para pensar em ter mais intimidades com Evelyn.

Ao saírem do colégio, Evelyn perguntou a César, próximo aos colegas, o que ele faria mais tarde naquele dia. Ele imediatamente respondeu:

— Como sempre, vou estudar.

Katharine, assustada com a frieza do amigo, entrou na conversa e falou:

— Cala a boca, bobão. Evelyn vai passar a tarde na sua casa, ok? Seja um bom menino com ela… Ouviu? – E cutucando a amiga, disse discretamente a ela:

— Conte comigo amiga.

Bianca apareceu do nada, deixando os colegas intrigados, e comentou:

— Gennnte! Que novidade é essa aqui? César e Evelyn? É sério isso?

Katharine respondeu:

— Primeiramente, onde você estava escondida, menina? Desde que horas está na escola? Ninguém te viu hoje aqui.

João, sorrindo, também questionou:

— Bi, eu não sabia que você tinha poderes de invisibilidade.

Serena, a garota respondeu:

— Gente, eu cheguei tarde. Não quis entrar no meio da aula, então decidi ficar na biblioteca estudando. Acreditem, acabei pegando no sono (risos). Depois fiquei conversando com o professor Carlos. Eu disse que ainda não sabia o que estudar na faculdade. Ele estava tentando me convencer a fazer Enfermagem. Disse que tenho cara de enfermeira. Achei esquisito ele indicar uma opção de profissão pela cara, mas tudo bem.

César comentou:

— Concordo, não adianta estudar uma área que você não se identifica.

— Bom ver que você está bem. E algo me diz que Katharine sabia desse namoro entre César e Evelyn e não nos contou nada (risos) – falou João.

Sorrindo, Katharine disse que apenas era mais observadora do que outros. Nisso, César disse:

— Galera, estamos indo. A gente se vê.

Então ele e Evelyn, já acelerando seus passos, despediram-se dos amigos, deixando-os conversando e caminhando a passos lentos.

Ainda próximo ao colégio, de repente, Katharine sentiu-se mal e pareceu assustada. Preocupado, João perguntou à amiga o que estava acontecendo. A moça abraçou-o e começou a chorar, preocupando ainda mais seus colegas, João e Bianca. Ainda abraçada ao amigo, ela olhou em volta, como se procurasse alguma coisa, e pediu aos colegas que a acompanhassem até a sua casa.

No caminho, Katharine confessou que tinha se assustado, pois havia visto o homem com que tinha ficado naquela noite. Bianca comentou que não sabia que ela tinha namorado. Katharine respondeu que não era namorado, que ela estava bêbada e não se lembrava de muita coisa, mas tinha medo de ter feito sexo com ele e de não se recordar de como voltou para casa naquele dia.

João permaneceu calado. Bianca disse não ter visto ninguém estranho por ali e perguntou se o cara a tinha visto. Katharine respondeu que teve a impressão de que ele a olhava de longe.

— Tem certeza de que era o mesmo homem – perguntou Bianca.

Quem é João?

— Acho que sim – respondeu, ainda assustada, Katharine.

— História estranha. Também estou ficando assustada com isso. Você é louca, menina. Tome cuidado com essas coisas – falou Bianca.

Katharine começou a chorar novamente e João reagiu:

— Bi, por favor, agora não é hora de falar assim. Já está tudo bem. A história já passou. Ela só precisa de tempo para superar o susto.

Algum tempo depois, já em casa, Katharine ligou para César perguntando se poderia ir à casa dele. De imediato, ele concordou dizendo que ela seria sempre bem-vinda em sua casa.

Na casa de César, Katharine desabafou:

— Você se lembra daquela história que te contei? Lembra do cara que eu fiquei no bar?

— Sim, lembro de tudo – respondeu o rapaz.

— O cara estava em frente a nossa escola hoje.

— Ele foi atrás de você?

— Não sei, foi muito rápido. João e Bianca tiveram que ir comigo para casa porque eu estava muito assustada. Tenho medo de que ele tenha ido atrás de mim – disse Katharine.

César respirou fundo e comentou que ela precisava saber o que havia acontecido naquele dia. Ou seja, precisava conversar com o cara, perguntar para ele e descobrir a verdade.

— Eu não tenho coragem – disse Katharine.

César, então, ofereceu-se para, junto à amiga, encontrar com o cara que aparentemente teria ficado com ela. Katharine lembrou-se de que César e Evelyn tinham combinado de se encontrarem naquela tarde e disse que não queria incomodar. César sorriu e convidou-a para participar do encontro, dizendo:

— Vamos lá buscar a Evelyn. Vamos ficar aqui mesmo. Veremos um filme. E comida não vai faltar (risos).

Já de volta à casa de César, Katharine comentou com Evelyn:

— Ignore que estou aqui. Fiquem à vontade. Só não exagerem (risos).

Evelyn olhou para César, que riu da situação e levou um tapinha da namorada, e todos acabaram gargalhando.

A tarde com os amigos e a promessa da ajuda de César fez com que Katharine se sentisse melhor em relação ao que havia acontecido mais cedo

20

O reencontro de Bianca

No final da tarde, João voltou do curso e ao entrar em casa percebeu que Ruth havia chegado. Ele cumprimentou com um beijo no rosto, imitando mais uma vez como ela costumava fazer quando chegava em casa e encontrava-o. Rindo, Ruth comentou:

— Hoje trocamos de papel, hein, João?

Sorridente, ele comentou sobre o cheiro da mãe:

— Perfume gostoso, hein, dona Ruth.

Não demorou muito e João recebeu uma chamada inesperada em seu celular. O número de Bianca apareceu na tela e João ficou surpreso. João atendeu dizendo:

— Oi, Bi. Tudo bem?

Bianca respondeu, perguntando:

— Está ocupado? Você pode me encontrar agora na lanchonete aqui da frente do condomínio?".

— Acabei de chegar em casa. Vou tomar banho e te encontro, ok?

— Tá bem. Te espero lá – disse a garota.

João demorou um pouco e Bianca já o esperava no local combinado. O rapaz abraçou-a e comentou:

— Oi, Bi! Estou preocupado com você. Você tem estado diferente ultimamente. Se precisar de ajuda pode me falar.

— Hum... Bom saber. Te liguei porque estou precisando conversar um pouco. Estava angustiada em casa. Estou com uns problemas pessoais que não consigo resolver – respondeu Bianca.

Sentado em frente a Bianca, o rapaz perguntou:

— Você está querendo desabafar alguma coisa? Quer ajuda?

— Sua companhia já está me ajudando. Vamos só conversar um pouco. Vou tomar um *milk shake*. Você quer um também? Eu pago.

Quem é João?

João riu, aceitou o *milk shake* oferecido por Bianca e disse:

— Humm... Que legal! Você é mulher moderna. Estou gostando de ver.

Enquanto lanchavam, Bianca perguntou:

— E aí? Como estão as coisas?

— Estou focado no curso de guitarra. E a sua avó? Está melhor?

— Minha mãe está em casa cuidando dela. Eu também preciso ajudar. Elas não conseguem disfarçar o desânimo. Parece que os medicamentos não ajudam mais. Já estamos preparados para o que possa acontecer – respondeu a garota.

Sem saber o que dizer para consolar a amiga, João abaixou a cabeça. Bianca, então, mudou de assunto e falou:

— Me fale da sua família. Tudo bem com todos?

João respondeu:

— Houve um problema de família, mas está tudo bem.

— E dona Ruth? Está bem?" – Bianca insistiu.

— Ela está bem. Está solteira novamente. Meu pai saiu de casa. Mas parece que foi tudo amigável – João comentou.

Bianca, fingindo surpresa, questionou

— Seus pais se separam? Que pena! Que chato isso!

— Olha, minha vida mudou. Morar só com minha mãe é mais divertido. Conversamos bastante. Também ligo quase todos os dias para meu pai. Falamos muito sobre a empresa. Ele está me orientando sobre o cargo que vou assumir lá em breve.

Após comentário de João e demonstrando interesse sobre o pai dele perguntou:

— Ah, tá. Mas ele está bem?

Distraído, o rapaz disse:

— Ele quem?

— Seu pai, seu bobo!

— Como te falei, tenho falado muito com ele. Acredito que esteja bem. O cara é muito esperto – João concluiu.

Ele evitou falar sobre o aniversário de Bianca, pois pretendiam fazer surpresa e ainda não tinham certeza de como fariam. Ela, por sua vez, ficou mais tranquila, pois se sentiu aliviada por conformar que José Henrique não estava mais casado.

Após um tempo de conversa e de terminarem o lanche, Bianca espreguiçou-se e disse:

— Meu amor, já está tarde. Muito obrigada pela conversa. Eu estava precisando conversar com você. Você é muito importante em minha vida.

— Você sabe que pode contar comigo sempre. É um prazer para mim – disse João.

Os jovens levantaram-se e despediram-se com um forte abraço enquanto João dizia que precisavam ter mais encontros como aquele.

Ao despedir-se, Bianca falou para João:

— Amor, a gente se vê amanhã.

E de forma inesperada, olharam-se nos olhos e beijaram-se por longos segundos, entrelaçados por um abraço apertado. Logo, com a mão entre o pescoço e a nuca da moça, João enfiou os dedos entre seus cabelos lisos enquanto ela o apertava, pressionando seus seios firmes e macios contra o tórax dele. As coisas estavam começando a esquentar quando, de forma abrupta, Bianca interrompeu o beijo e empurrou levemente João, afastando-o de seu corpo e sussurrando:

— Preciso ir, amor.

Sem dizer mais nenhuma palavra ela saiu primeiro e, sem demora, João também voltou para sua casa.

21

O fim do mistério de Katherine

Durante uma conversa com Katharine e César, João perguntou sobre seus planos para o próximo fim de semana.

César contou que estaria acompanhado de Evelyn, mas ainda não haviam planejado nada específico. Já Katharine, que ainda parecia ansiosa com os últimos acontecimentos em sua vida, respondeu que não pretendia sair, pois temia cair em tentação e voltar a beber.

João, sorrindo, comentou que ainda não tinha se acostumado com a nova condição de rapaz comprometido de César e que agora as conversas em grupo seriam diferentes. César riu e perguntou se João tinha planos para esse fim de semana. Antes que ele comentasse qualquer coisa, Katharine entrou na conversa dizendo que queria ficar junto ao novo casal, César e Evelyn.

João disse que, de certa forma, Katharine tinha um bom plano, porém havia esquecido de perguntar se eles pretendiam abrir mão de ficarem a sós. César, sem demora, disse que não tinha problemas e, inclusive, seria mais divertido saírem todos juntos. João respondeu que pensaria a respeito, mas, a princípio, ficaria desconfortável, pois sentiria que estaria atrapalhando o casal. Katharine, por sua vez, ouvindo João, explanou:

— Meu querido, pensa que eu já não observei? Evelyn não costuma beber, então estou segura com eles. Além disso, eles só falam de trabalho e estudo. É muito engraçado estar com eles.

João não se aguentou de tanto rir da forma como Katharine falou sobre o namoro dos dois e comentou:

— Kate, você é uma figura!

Porém, o rapaz estava incomodado com as constantes falas de Katharine sobre seu problema com bebidas e questionou:

— Kate, você não acha que está exagerando com essa questão das bebidas? Você acha que saindo entre amigos deixaríamos você embebedar-se ou fazer algo errado? Além disso, você não é tão fraca assim, pois todas as vezes que saímos juntos você sempre soube se controlar.

Ela, então, desabafou com o amigo:

— João, eu me sinto fraca. Sinto que posso fazer outra besteira se beber novamente. Eu não confio em mim mesma.

João, olhando firme para Katharine e percebendo seu sofrimento com o acontecido no dia de seu sumiço, olhou para César e, evitando olhar para ela outra vez, abaixou a cabeça, balançando-a negativamente.

César percebeu a expressão do amigo e questionou:

— Tudo bem, João? Tem algo errado?

— Sim, tem algo errado sim. Preferia não contar nada, mas Katharine não está bem e preciso resolver isso – respondeu João, respirando findo.

Elevando o tom de voz e voltando a olhar nos olhos de Katharine, João falou:

— Menina, você não fez nada. Você está sofrendo sem motivo.

César, ainda sem entender nada, calado, apenas observava, intrigado, o que estava acontecendo entre seus amigos.

Katharine, que já não estava mais tão sorridente, de repente, brava e com o tom de voz elevado, como não costumava fazer, respondeu:

— Como assim? João, você está sabendo de algo que não sei? Foi o César que andou conversando com você sobre mim?

Antes que César falasse qualquer coisa, João disse:

— Ninguém me contou nada, mas eu sei o que você está passando e preciso te ajudar nisso.

A moça respirou fundo, e com lágrimas caindo e a voz chorosa, desabafou:

— Olha só, João... Eu acho que posso ter transado com um cara naquele dia em que saí sozinha. Eu me embebedei e não sei o que aconteceu, não sei o que fizeram comigo por lá. César tem me ajudado com isso. Fomos juntos ao médico para que eu fizesse alguns exames. Você deve saber de que exames estou falando. É isso que estou passando. Não está fácil aqui na minha cabeça.

João, que já não suportava a situação, com um tom enfático, quase gritando, na presença de César, confessou:

Quem é João?

— Kate, fui eu quem te levou para casa naquele dia. Não sei o que aconteceu antes de eu chegar lá, mas sei que você não fez nada de errado.

— O quê?! Não acredito! Não me lembro de você naquele dia. Por que você não me contou? Por que não me falou nada? Eu quero saber de tudo que aconteceu agora mesmo! – Katharine gritou, desesperada.

João sentou-se e, já tranquilo, perguntou a Katharine:

— Você realmente não lembra de nada?

— Só me lembro de puxar conversa com uma galera de uma mesa ao lado da minha. Rapidamente fizemos amizade, começamos a conversar e beber. Depois disso só tenho vagas lembranças de um homem ao meu lado, mas tenho certeza de que não era você.

João respirou fundo e pacificando a situação, explicou:

— Eu conheço esse rapaz que estava com você naquele dia.

Katharine, afobada, berrou:

— O quê?! Não acredito! Quero uma boa explicação, viu João!

— Ok! Você vai saber de tudo. Achei que você não lembraria de nada, então fiquei na minha, mas para você se sentir melhor vamos esclarecer tudo. A única coisa que eu fiz foi te levar para sua casa e disfarçar para que seus pais não soubessem que você estava muito bêbada. Usei a sua chave e entramos discretamente. Eu te pus em sua cama e voltei para casa. Parece que quando bebe você fala sem pensar e depois esquece tudo.

Katharine, apressada, perguntou:

— E o cara? Me diga logo.

João calmamente respondeu:

— Eu o conheço do clube, costumamos jogar futebol juntos já há algum tempo. Ele me ligou quando conversou com você e, segundo ele, você não parava de falar de mim.

— Ele te ligou só porque falei de você – Katharine estranhou.

— Não foi só por isso. Ele me ligou porque ficou preocupado com você. Ele achou que você não conseguiria voltar para casa sozinha e resolveu pedir a minha ajuda. Então, imediatamente, fui te buscar.

Katharine, ainda inconformada, desabafou:

— Quero falar com ele. Acho que ele se aproveitou de mim.

João logo questionou Katharine:

— Tem certeza de que ele abusou de você? Ele estava acompanhado da esposa grávida dele quando cheguei. Pelo menos foi o que eu vi. Acho que não aconteceu nada com você antes que eu chegasse.

César, que observava tudo, comentou que estava aliviado por João ter resolvido tudo e não ter deixado que Katharine voltasse para casa sozinha nas condições em que se encontrava.

A moça começou a chorar e abraçou João, pedindo desculpas e agradecendo pela ajuda:

— Obrigado por cuidar de mim. Você é mesmo um amigo especial. Muito obrigada.

João comentou que esperava que ela se sentisse melhor e que tivesse mais cuidado no futuro, pois há pessoas maldosas que poderiam, sim, aproveitar-se da situação. Aliviada, ela abraçou João mais uma vez e, ainda chorosa, seca as lágrimas em seus ombros e mais uma vez agradeceu:

— Obrigada. Muito obrigada.

César, mudando de assunto, perguntou a João se ele realmente não gostaria de ir para a casa dele com Katharine e Evelyn mais tarde. Já se despedindo, o rapaz ratificou:

— Dessa vez não vou. Divirtam-se os três. Prometo ir na próxima.

22

O amante misterioso de Ruth

João e Ruth pareciam estar mais unidos depois da separação de Ruth e José Henrique. Ele mantinha-se alheio ao acontecimento e os diálogos entre mãe e filho sobre suas intimidades eram mais abertos e rotineiros.

Em uma de suas conversas, João comentou com Ruth sobre como tinha sido difícil seu dia em relação aos seus amigos:

— Tivemos diálogos difíceis hoje – disse o rapaz.

Ruth, curiosa com o que ele considerava de diálogo difícil, perguntou o que havia acontecido. João explicou tudo a sua mãe e finalizou dizendo que tinha esclarecido a situação. Ela questionou a necessidade de João envolver-se daquela forma na vida dos amigos e concluiu que para se importar tanto ele deveria gostar muito deles. Ela ainda brincou dizendo achar "bonitinho" essa relação. Vermelho de vergonha pelo comentário de Ruth, João percebeu que contando daquela forma realmente parecia meio infantil seu comportamento.

O rapaz aproveitou o momento e perguntou a Ruth algo que há tempos o incomodava:

— Mãe, já que estamos falando com sinceridade, preciso lhe fazer uma pergunta, mas, antes tenho que lhe confessar algo.

Ruth, espantada, olhou firme para ele e esperou atentamente o que ele tinha a dizer. João respirou fundo e disse:

— Faz tempo que eu tenho ido dormir tarde e não pude evitar de ouvir barulhos seus à noite.

— Eu sei disso, João. Não consigo me segurar, faço muito barulho mesmo – ela confessa, sem nenhum pudor.

E o rapaz completou:

— Me perdoe por invadir a sua privacidade, mas em vários momentos fiquei na porta ouvindo seus gemidos e, algumas vezes, quase olhei pela fechadura.

— Não se preocupe filho, eu já imaginava isso. Mas obrigada pela sinceridade – Ruth comentou.

João, então, aproveitou e questionou Ruth:

— Como você deve imaginar, eu sei que você traiu meu pai aqui em nossa casa. Ouvi seus gemidos e meu pai ainda não havia voltado de viagem. Quem era aquele cara, dona Ruth?

Rute, parecendo já esperar por esse questionamento, tranquila, respondeu:

— João, ele era um amante. Não estamos mais juntos.

— Mãe, quem era o cara? – João insistiu.

Ruth respirou fundo e respondeu:

— Não posso falar. Dei minha palavra. Era só sexo. Parece que agora ele está comprometido. Deixa isso pra lá.

Sem opções, João concordou em esquecer esse assunto. Contudo, Ruth confessou que não tinha ficado com ninguém depois que José Henrique foi embora, inclusive, rindo, concluiu que o próprio José Henrique era seu novo amante. João, não conseguiu segurar a gargalhada e comentou:

— Mãe, a senhora é doida.

23

A provação e o sexo

Ansioso pelo resultado da bolsa de estudos, Cesar conferia constantemente o site da faculdade em que as informações seriam publicadas. Porém, por vezes, ele permitia-se relaxar e só checava o site à noite, antes de dormir.

César sabia que as informações não demorariam a serem divulgadas e que mesmo que não fosse o primeiro a saber, seria amplamente comunicado por familiares, amigos e pela própria instituição em que estudava.

Finalmente, no sábado, pela manhã, a lista dos contemplados para a bolsa de estudos foi divulgada. César, que ultimamente estava mais ocupado que de costume devido ao seu novo relacionamento, nesse dia só pretendia verificar o site à noite.

Contudo, nos grupos e redes sociais da escola em que César estudava, como era de costume, divulgavam editais e publicações de interesse daquela comunidade acadêmica. E como não podia ser diferente, o nome do rapaz já era festejado por constar na lista dos aprovados a ingressar em uma importante instituição no exterior.

Evelyn ligou para César assim que leu em uma das redes sociais que o resultado da bolsa de estudos que ele tanto esperava havia saído. Ela não tinha conferido se o nome do namorado estava lá, pois dava como certa o êxito do rapaz.

— Amor, dê uma olhada no site da faculdade. Dizem que o resultado da sua bolsa de estudos foi publicado – disse a moça.

Ansioso, César perguntou se Evelyn sabia do resultado. Ela respondeu que ainda não havia olhado, mas que adoraria que comemorassem juntos mais tarde.

Enquanto César tentava acessar o site para conferir o resultado da seleção de bolsa de estudos, viu que João estava ligando para ele em uma chamada de áudio. Ao ver a chamada de áudio, ele, que ainda estava na ligação com a namorada, falou para ela:

— João está em outra chamada aqui. Vou atendê-lo e lhe retorno em breve. Beijo.

Ao atender a chamada de João, antes de dizer qualquer coisa, César ouviu:

— Parabéns, parceiro! Eu sabia que você conseguiria. Cara, estou muito feliz por você.

César, já angustiado, perguntou se João havia visto seu nome na lista.

— Sim, seu nome está lá sim – respondeu João. – Mais tarde quero lhe dar um abraço pessoalmente. Não vamos deixar passar em branco. Vamos comemorar! Até mais tarde! – completou João antes de desligar a chamada de áudio.

Por mensagem, Evelyn combinou com João que todos iriam mais tarde para a casa de César para festejar, porém ela informou que tinha uma surpresa para seu namorado antes da festa e que iriam juntos para a casa dele o quanto antes.

Ela convidou César para comemorarem a sós antes da festa, no fim daquela tarde, na pracinha, em frente condomínio em que ela morava. Obviamente, César concordou com o encontro e propôs tomarem um vinho a sós. A moça mesmo sem ter o costume de beber, sorrindo, mas um pouco preocupada, concordou.

No fim da tarde, como haviam combinado, César ligou para Evelyn dizendo que estava saindo e iria comprar o vinho. Evelyn disse:

— Amor, pode vir direto. Eu tenho tudo aqui em casa. Estou te esperando.

César estacionou o carro na pracinha e ligou para Evelyn para avisar que havia chegado.

— Está começando a chuviscar. Vou ficar aqui no banco de praça, debaixo da árvore, pois é o único lugar que não está molhando. O bom é que, com a chuva, só ficaremos nós dois aqui na praça (risos).

Não demorou muito e Evelyn chegou. Protegida por um guarda-chuva, a moça comentou que o rapaz havia escolhido um excelente lugar para ficarem juntos, pois ali ficariam protegidos da chuva e, ao mesmo tempo, não teriam muitos observadores vendo-os namorarem.

Ansioso, ele levantou-se de onde estava, indo em direção à namorada, puxando-a para junto dele, abraçando-a fortemente e chupando seus lábios molhados, enchendo-a de beijos cheios de tesão. Ela, já meio sem ar, sugeriu que se sentassem no banco da praça para conversarem melhor.

Quem é João?

Sem demora, César abriu a garrafa de vinho. Um pouco trêmulo, disse, gaguejando:

— Perdoe minha euforia. Estou muito feliz. Não tenho palavras para expressar o que sinto. Muito obrigado pelo apoio que você está me dando.

Evelyn não costumava beber, mas não comentou nada com seu namorado, pois o momento era de comemoração e não convinha estragá-lo. Depois de duas taças de vinho, ela estava muito sorridente e parecia feliz e satisfeita ao lado de César naquele momento. Eles olharam-se nos olhos e logo e a moça, ansiosa, comentou:

— Pena que você vai me abandonar quando for embora

— Por que pensa que vou te abandonar?

— Como vamos fazer para nos vermos? – ela retribuiu a pergunta dele.

César beijou o rosto da moça e respondeu sussurrando:

— A gente dá um jeito. Não vamos pensar nisso agora.

Evelyn sorriu e aproximou-se do namorado. Pôs suas pernas sobre as deles, puxou-o para perto, e com os braços em volta um do outro, beijaram-se apaixonadamente.

Nesse dia, César e Evelyn namoraram como nunca haviam feito. Ele não se aguentava de tesão e Evelyn, por sua vez, parecia estar com orgasmos à flor da pele. César puxou a moça pela cintura, pondo-a praticamente sobre ele. Evelyn, já esboçando seus primeiros gemidos, esfregava-se em seu namorado.

De saia curta e folgada, não foi difícil o rapaz perceber que Evelyn, de tão excitada, encontrava-se já com a sua calcinha ensopada, demonstrando estar intimamente lubrificada de tesão e pronta para ser penetrada pelo seu homem, que ela induzia por meio de afagos e fricção corporal.

Como já fantasiava em seus pensamentos, César, com a mão por dentro da blusa da moça, despiu seus seios e surpreendeu-se com sua beleza, pois os bicos durinhos e um pouco rosados combinavam com o formato médio e firme do restante dele, fazendo-o, então, sem demora, acariciá-los com a ponta de sua língua e logo chupando-os com mais intensidade e força. Intercalando seus movimentos nos seios, beijando-os, chupando-os e acariciando-os com as mãos e a ponta da língua, fazia a moça contorcer-se de prazer e apertar-se contra o corpo de seu parceiro.

Evelyn começou a acariciar seu namorado em suas partes íntimas e surpreendeu-o ao tirar seu pênis para fora da calça. Segurando-o forte, começou a chupá-lo, parecendo não ser tão inexperiente como dizia.

Eles evitavam falar qualquer coisa, mas se olhavam e sorriam, aproveitando o momento.

Com receio de ejacular enquanto sua namorada chupava-o, César suavemente ergueu o rosto da moça e sem dizer nada a fez deitar no banco da praça com as pernas abertas, já vendo a calcinha da moça toda molhada, pois devido à posição de Evelyn, sua saia acabou ficando acima da cintura dela. Ele, então, tocou-a suavemente, afastou sua calcinha para o lado e retribuiu o que ela havia feito há pouco. Quase instintivamente, César começou a chupá-la com cuidado, pondo-a a gemer e a ter pequenos impulsos e contrações. Evelyn sussurrou, alertando ao rapaz:

— Cuidado, amor. Sou virgem.

Evelyn olhou para César, pálida, parecendo um pouco assustada, e, sem dizer nada, levantou-se e sentou-se no colo e de frente ao rapaz. Ela entrelaçou seus braços em volta dele, enfiando a língua em sua boca em um suculento e duradouro beijo.

Na situação em que se encontravam, não havia nada que dificultasse o que estava para acontecer. A saia erguida e a calcinha já fora do lugar, Evelyn acomodou-se entrelaçada sobre César, sendo que ele já estava há tempos com a calça aberta, expondo seu pênis e provocando um contato inevitável, que causava tesão em ambos.

A garota parecia estar disposta a deixar o ato acontecer e pressionava ainda mais o contato, posicionando-se de modo a favorecer a relação. Não demorou muito e Evelyn começou a gemer de tesão e dor, sentindo que o pênis de seu namorado começava a penetrá-la. Ambos se esforçavam para que o ato acontecesse, pois, àquela altura, nem pensavam mais em proteção nem nas possíveis consequências. O importante para eles, naquele momento, era satisfazer o que estavam sentindo.

Sem perceber, Evelyn, que não desgrudava do pescoço de seu namorado e beijando-o intensamente, já não sentia mais dor e seus gemidos eram de puro prazer, fazendo-a movimentar-se com mais força e intensidade enquanto era penetrada pelo seu parceiro.

Todo o clima conspirava a favor e, naquele momento, Evelyn não era mais virgem e, além disso, estava prestes a ter um orgasmo sentada em seu namorado em sua primeira transa. Já Cesar não suportou muito tempo aquela situação e, ali mesmo, acabou ejaculando dentro da moça, naquela posição em que estavam desde o começo.

Quem é João?

Assim, o sexo entre César e Evelyn aconteceu naquela praça deserta sob a proteção de uma árvore, em um dia chuvoso, envolvidos pela emoção do momento de comemoração.

Ofegante e gaguejando, ele falou para Evelyn que havia acabado de gozar. Ela, sorridente e parecendo satisfeita, disse ter percebido e afastou-se um pouco dele questionando:

— Amor, como vamos fazer agora? Estou toda cheia de você (risos).

— Fique em pé um pouco e dê três pulinhos que sai tudo.

A garota, rindo do que ouvira de César, respondeu:

— Vou aproveitar os pulinhos e fazer um pedido para não ter engravidado. – E para descontrair o namorado, que parecia ansioso, Evelyn abraçou-o e, beijando-o, comentou: — Meu amor, foi melhor do que eu imaginei. Melhor ainda que foi com você que aconteceu.

César, então, lembrou-se:

— Vamos para minha casa. Tem festa nos esperando lá.

Evelyn, um pouco dolorida, decidiu não ir à festa com César, e disse:

— Meu amor, acho melhor eu ficar aqui e ir para casa para me cuidar. Você fez muito estrago em mim hoje. Mais tarde te ligo para conversarmos um pouco antes de dormirmos.

César beijou a garota, namorando-a mais um pouco antes de se despedirem. Então deixou-a em casa, e após cumprimentar os pais da moça, dirigiu-se para sua casa para encontrar seus amigos próximos e familiares, que o esperavam para comemorar seu ingresso na faculdade de Medicina.

24

A conversa inesperada entre Bianca e Ruth

César foi para sua casa após o encontro com Evelyn. Ao chegar, encontrou amigos e familiares, que o esperavam para a festejar a sua conquista.

Como havia prometido, João convidou os amigos mais próximos e eles juntaram-se aos familiares de César, com bastante comida e bebida.

Bianca foi a primeira a aproximar-se de César, deu-lhe um abraço e disse:

— Parabéns, César! Não suma, viu menino!

Ele correspondeu ao abraço, mas, emocionado, não conseguiu reagir com palavras, apenas balançou a cabeça gesticulando positivamente.

João também se aproximou de César, abraçou-o com um tapinhas nas costas, parabenizando o amigo e dizendo:

— Nosso futuro médico.

Em seguida, Katharine chegou e abraçou os amigos, sorridente e com os olhos mareados, prometeu trabalharem juntos no futuro, pois ela pretendia formar-se em Odontologia. César sorriu ao ouvir Katharine e com poucas palavras expressou concordar com a ideia.

César tinha um irmão mais novo chamado Rodrigo, de 16 anos. Fisicamente, ele se parecia muito com César, mas tinham personalidades opostas, pois Rodrigo era bastante extrovertido e brincalhão.

Rodrigo chegou pulando, gritando e abraçando a todos. Bianca segurou Rodrigo com um abraço e disse, sorrindo:

— Quieto, menino. Me leve até a porta. Quero sair de mansinho para ninguém me ver.

João, que prestava atenção no comportamento de Bianca, ouviu o que ela disse e perguntou:

— Bianca! Já vai embora?

Quem é João?

— João, eu vou para casa. Não poderia deixar de vir aqui dar um abraço em César, mas não estou muito bem hoje. Tenho que ir mesmo. Depois a gente conversa, ok? – respondeu ela.

— Ok. Conversaremos – João comentou.

Rodrigo levou Bianca até a porta sob olhares de decepção de João e Katharine, enquanto Cesar estava entretido numa conversa animada com seus familiares.

Eram quase 20h quando Bianca chegou de taxi em frente ao seu condomínio, também na frente da casa de João. Distraída, ela assustou-se com uma voz, que disse:

— Oi, Bianca. Tudo bem?

Envergonhada, ela respondeu:

— Oi, dona Ruth! Tudo bem com a senhora?

Ruth havia ido à padaria e estava voltando para casa quando viu Bianca parada em frente ao condomínio. Ela respondeu a Bianca:

— Tudo ótimo! Pensei que você estava na festa de César com João. Vamos tomar um cafezinho comigo?

Bianca riu e, discretamente, balançou a cabeça negando o convite.

João costumava falar de seus amigos com Ruth. Ela parecia simpatizar-se com Bianca, pois, além de amiga de seu filho, por ser vizinha, conhecia sua mãe e sua avó.

Continuando a conversa, Bianca disse a Ruth:

— Bom falar com a senhora, dona Ruth. Como está o seu marido?

— Não sei. Nos separamos – Ruth disse, tranquilamente. – Você não quer mesmo tomar um cafezinho?

— Obrigada pelo convite, mas preciso ir para casa. A gente se vê.

Bianca, então, virou-se e foi para casa, tentando disfarçar seu sorriso. Ruth, discretamente, deu um pequeno grito, despedindo-se:

— Tchau, Bi. A gente se vê.

Mais tarde, em casa, Ruth comentou com João que tinha visto Bianca quando voltava para casa. João disse que ela estava na festa que tinham feito para César, mas saiu cedo alegando que não estava bem. Ruth completou dizendo que quando a encontrou ainda era cedo, por isso pensou que ela não tinha ido à festa. João confessou para Ruth que a garota não era mais a mesma ultimamente, que estava misteriosa, preferindo ficar sozinha.

Ruth mudou de assunto dizendo que ficou feliz por César ter sido aprovado no curso de Medicina e pediu que João mandasse um abraço em seu nome. O rapaz disse que daria seu recado e completou falando que logo teriam mais uma colega cursando a área da saúde, pois Katharine pretendia estudar Odontologia. Ruth brincou dizendo que quando acontecesse (a aprovação de Katharine), daria um abraço nela também. João, rindo, respondeu:

— Ok.

Nesse momento, ele disse à mãe que tinha a impressão de que, de certa forma, mesmo sem a intenção, César incentivava Katharine a estudar mais. Ruth finalizou a conversa dizendo que César era um bom rapaz, mas que as duas deixavam-na desconfiada.

25

O almoço com Evelyn

No dia seguinte à comemoração pelo ingresso de César à faculdade de Medicina, Evelyn refletiu sobre o que estava acontecendo e uma insegurança crescente surgiu em relação ao seu futuro com ele, pois durante alguns anos ele ficaria a maior parte do tempo fora do país. Assim, seria necessário muito amor para que seu relacionamento se mantivesse. E para piorar, a moça temia ter engravidado em sua primeira relação sexual com o rapaz.

Evelyn não se aguentava de ansiedade e resolveu ligar para César logo pela manhã. César acordou com o toque do celular e, meio sonolento, vendo que era Evelyn atendeu à ligação, dizendo:

— Oi, amor. Bom dia.

Aflita e falando rápido, a moça lembrou-o do dia anterior e disse que estava com medo de ter engravidado. César respondeu-lhe que eles precisavam conversar pessoalmente, pois ele também estava preocupado com uma gravidez. Ele, então, convida-a para almoçarem em sua casa e passarem a tarde juntos para conversarem.

Antes do almoço, já na casa de César, mais especificamente em seu quarto, Evelyn comentou que gostava muito dele, mas achava cedo para ter um filho. César, tranquilo, respondeu:

— Evelyn, eu te entendo e concordo com você. Existe uma pílula chamada de pílula seguinte que evita a fecundação. Acho que você precisa tomar essa pílula para ficarmos tranquilos.

— Amor, você acha que esse remédio é seguro?

— É um remédio forte, pode ter alguns desconfortos, mas nada sério. Fique tranquila – respondeu César.

Depois de combinarem que passariam na farmácia mais tarde para comprarem a pílula, o rapaz comentou que pediu para que a cozinheira caprichasse na comida, pois teriam uma visita especial. Nesse momento, Evelyn comentou que não era especial. César respondeu:

— Para não deixar você se achando muito, vou só dizer que recebemos a visita de uma futura importante advogada (risos).

Depois da conversa e antes do almoço, Evelyn aproximou-se de César e comentou baixinho em seu ouvido:

— Calma aí, gatinho. Você precisa terminar o que começou. Não vai pra França e me deixar aqui quase virgem ainda. Não é?

— Claro que não, amorzinho. Vamos resolver isso direito.

Evelyn, excitada, após deliciosos beijos de língua, começou a beijar euforicamente o pescoço de seu namorado. Não demorou muito e ela, sem pudor, despiu-se totalmente, expondo seu belo corpo. César começou a chupar seus seios e quando ia fazer sexo oral na moça, ela segurou-o e começou a arrancar as roupas dele e a chupar seu pênis com certa animação.

Disposta a tomar as iniciativas e já completamente nua, ela repetiu a posição do dia anterior, sentando-se sobre ele, deixando-se ser penetrada. Surpreso, César observou as curvas de Evelyn e sua beleza deixou-o empolgado, pois no dia anterior não estava claro o suficiente para ver os detalhes do corpo da garota.

Evelyn exagerou em sua entrega e com a parte íntima ainda sensível da noite do dia anterior acabou tendo um pequeno sangramento e sentindo dor, causada pela penetração. Ao ver o sangue, ela saiu de cima do rapaz e começou a chorar. Percebendo o que estava acontecendo, César acalmou a moça abraçando-a e dizendo para ficarem quietos na cama, juntinhos. Eles conversaram um pouco sobre o que estava acontecendo e logo, com ela mais calma, concluíram a relação sexual.

César não era de deixar as coisas para cima da hora, por isso viajaria para a Europa ainda naquela semana, pois pretendia deixar tudo preparado para sua longa estada na região.Com a ajuda de familiares, ele sairia do aeroporto de Curitiba às 7h e chegaria à França após mais de dezesseis horas de voo, próximo 19h, no horário local.

26

A terapeuta
de João está doente

Como já era de costume, toda terça-feira pela manhã, João tinha encontro agendado com sua massoterapeuta Aline. Ele estava empolgado com o tratamento, pois sua relação com ela, desde o primeiro encontro, já não era tão profissional assim.

Ao chegar no centro de estética e massagens, João foi informado pela recepcionista de que a profissional que o atendia não poderia fazê-lo naquele dia. Decepcionado e preocupado com a hipótese de ela ter se arrependido do tratamento especial que lhe dava durante as terapias, João questionou o motivo de sua falta.

A recepcionista respondeu que ela havia informado que teria que reagendar seus pacientes, pois não poderia atendê-los por motivo de saúde, mas informou que acreditava que ela teria pego alguma virose, o que não era difícil de acontecer devido à quantidade de pacientes que ela atendia por semana.

Ainda conversando com a recepcionista, ele expressou sua decepção com a falta de sua terapeuta. A jovem, já simpatizando com o rapaz, incentivou-o a aproveitar que já estava lá para fazer algum tratamento ou terapia com outra profissional que estivesse horário disponível. A princípio, ele não gostou muito da ideia, pois outra não lhe daria o mesmo tratamento que Aline, contudo ele brincou com a recepcionista, dizendo:

— Só vou se você me atender (risos).

— Bem que eu queria, mas não sou formada. Não posso atender.

João, vendo que a moça considerou a ideia, insistiu no assunto:

— Se você topar, me faz uma massagem amadora mesmo e eu te pago o mesmo valor da profissional

A recepcionista olhou para João e perguntou:

— O senhor está falando sério?

— Sim.

A moça disse que ia conversar com a superior dele e logo daria uma resposta.

Não demorou muito e ela voltou dizendo que sua chefe que via problema desde que ele não responsabilizasse a clínica pelo atendimento e pagasse a comissão pelo espaço. Assim, ela voltou a perguntar:

— Vai mesmo fazer, seu João?

João respondeu mais uma vez que sim e a garota, então, falou:

— Meu nome é Marcia. Escolha a massagem e vamos para o quarto.

João imediatamente respondeu que queria fazer a massagem tailandesa. A moça ficou vermelha e falou:

— Menino, nessa massagem a gente fica pelado. Tem certeza?

— Vamos lá – respondeu ele.

Já o puxando pelo braço, ela sussurrou:

— Ai, meu Deus...

Enquanto João preparava-se no quarto 3, ela voltou à recepção para encaminhar um cliente que estava agendado para uma das terapeutas da casa. Quando ela voltou, João já estava completamente despido, esperando-a. A moça, que não estava acostumada, pois não era profissional, ficou mais uma vez vermelha, gaguejando e com as mãos trêmulas, já que ela, de fato, não sabia o que fazer.

A moça despiu-se e sem utilizar nenhum produto terapêutico, posicionou-se sobre João, que estava deitado de barriga para baixo, e começou a massagear seus ombros. Sem experiência no assunto, comentou:

— João, eu vou fazendo a massagem e você vai me dizendo se está bom, ok?

O rapaz percebeu que a jovem tinha se esquecido de usar os cremes e os óleos, mas preferiu não comentar nada. A recepcionista massageou os ombros e as costas do rapaz e ficou vermelha mais uma vez ao massagear a bunda e as coxas do rapaz. Ela resolveu diminuir a luz para não ficar envergonhada antes de pedir para ele virar de peito para cima.

De olhos fechados, João virou de peito para cima e a moça fechou os olhos enquanto ele se virava. Ela sentou-se sobre suas coxas enquanto massageava o peitoral do rapaz. A moça debruçou-se sobre ele e sentiu seu

Quem é João?

pênis, bastante duro, tocando sua barriga. Ela perguntou a João se a massagem estava boa. João respondeu que estava maravilhosa e ofereceu-se para fazer uma rápida massagem nela que, e envergonhada, disse que poderia fazer rapidinho se ele quisesse.

João, então, deitou-se de frente para ele e começou a massagear os seios dela, e pediu para que ela fechasse os olhos. Ele também perguntou se estava gostoso e ela respondeu que estava adorando. Nesse momento, ele começou a massagear as coxas da moça, próximo à virilha dela. Aproveitando que ela estava de olhos fechados e percebendo que a moça já estava com a vagina dilatada e parecendo molhada, de surpresa João aproximou a boca das partes íntimas dela, assustando-a, mas, ao mesmo tempo, fazendo-a gemer quando começou a chupar seu clitóris.

Ela segurou firme na cabeça de João, sussurrando:

— Para, gostoso. Não posso fazer isso

Então o rapaz perguntou se ela queria que ele parasse. Ela respondeu que só o deixaria fazer sexo oral. Nisso, ele começou a chupar mais intensamente, fazendo-a gozar várias vezes. Após um tempo, João aproximou-se da moça, beijando sua boca e abraçando-a. A moça retribuiu o beijo do rapaz e aos poucos eles foram relaxando e não perceberam o tempo passar.

Em determinado momento, a chefe da casa de massagem bateu na porta, dizendo:

— Márcia, já se passaram duas horas

A recepcionista e João assustaram-se e olharam um para o outro, e perceberam o que estava acontecendo. Os dois estavam se beijando há muito tempo, ele em cima dela, e de tanto se esfregarem não tinham percebido que ele já a havia penetrado. Inclusive, naquele momento, ele estava totalmente dentro dela. Eles pediram desculpa um para o outro e ela perguntou:

— Você gozou dentro de mim?

João respondeu que não. Ela, por sua vez, disse que havia gozado várias vezes, e que iria ajudá-lo a finalizar. Ela começou a masturbar e a chupar seu pênis, ainda muito duro, e em poucos minutos ele gozou em sua boca.

Após a massagem, tanto João como Márcia ficaram meio envergonhados, falando baixo. Concluíram a massagem com um banho e, ainda mais sem graça, ela perguntou se ele pagaria no crédito ou no débito. João não segurou o riso e os dois acabaram gargalhando.

O aniversário de Bianca

Entre as pessoas conhecidas de João, Bianca era a que menos parecia importar-se com comemorações de aniversários. Em sua família nunca se havia percebido alguma confraternização nesse sentido, embora a sua avó, por sua simpatia, sua alegria e sua excelente sociabilidade, antes de seus problemas de saúde, costumava ser bastante convidada e participava de todos os eventos da região, inclusive os da família de João. Contudo Bianca entrava permitia que seus amigos surpreendessem-na com suas tradicionais comemorações.

À noite, da Europa, César conversava por telefone com João. Um dia, entre outras coisas, falaram sobre o aniversário de 18 anos de Bianca, que aconteceria no final do mês. João sugeriu fazerem uma festa surpresa, pois talvez ela não concordasse em realizar uma comemoração como a de Katharine, pois a situação era completamente diferente naquele momento. César gostou da ideia, jurando que estaria presente na data prevista, e lembrou a João de que precisavam saber a opinião de Katharine a respeito.

Tentando insistentemente falar com César por telefone, Evelyn ficou chateada por deparar-se com a linha do rapaz sempre ocupada. Ao perceber que a namorada tentava falar com ele, César despediu-se de João confirmando o que haviam combinado e dizendo que precisava urgentemente atender outra ligação. Ao, enfim, conseguirem falar-se por telefone e protagonizarem sua primeira discussão de relacionamento, a famosa "DR", eles combinaram de encontrarem-se em breve e irem juntos ao aniversário de Bianca.

Mais tarde foi a vez de Katharine ligar para César. Brincalhona, ela zombou do sotaque dos franceses e comentou que João já havia conversado com ela sobre a festa surpresa do aniversário de Bianca. E ela disse que Bianca era muito esperta e que seria difícil fazer uma surpresa para ela. César, então, percebeu e comentou que Bianca era a única que não tinha ligado para ele após sua chegada à Europa. Katharine, brincando novamente com o sotaque francês, despediu-se de César, fazendo-o rir enquanto a chamava carinhosamente de doidinha.

Quem é João?

As horas passaram e César ficou pensativo em relação à Bianca, pois entre as pessoas mais próximas a ele, ela não havia ligado para ele. Ele lembrou-se de que Bianca começou a ficar reclusa após a festa em que encontraram o pai de João e de um comentário dela dizendo que José Henrique havia o convidado para irem a um bar de música ao vivo no dia seguinte.

César sabia que José Henrique havia se separado de Ruth há pouco tempo e percebeu que Bianca ficou muito empolgada ao conhecer o pai de João. Assim, ele concluiu que a mudança no comportamento dela poderia ter a ver com José Henrique.

Já era madrugada na França quando César, ansioso, resolveu ligar para Bianca.

Aproximadamente 21h, já na cama, preparando-se para dormir, ela atendeu à ligação de César falando:

— Oi, César, tudo bem? Como foi a viagem?

— Tudo tranquilo. Estava curioso porque você foi a única que não me ligou até hoje –respondeu o rapaz.

— Bom falar com você. Estou deitada desde cedo. Pretendia te ligar amanhã. Me conta aí as novidades.

Na verdade, César queria saber se Bianca tinha ido ao bar naquela noite, mas sabia que se perguntasse de uma vez poderia não obter resposta. César questionou Bianca se ela estava muito cansada, pois eles poderiam se falar em outro momento. Bianca respondeu que estava tudo bem e que podiam continuar conversando sem problemas.

César fez-se de desentendido e pediu que Bianca não se esquecesse de convidá-lo para seu aniversário. Bianca deu uma risadinha e disse:

— Bobinho, você pensa que me engana? Você sabe que minha família não está em condições de comemorar nada no momento. Mas a boa notícia é que minha avó está bem melhor do que antes

— Muito boa notícia, Bi! Vai dar tudo certo! Estou torcendo – o rapaz comentou.

Então ele aproveitou o assunto para tentar saber se Bianca havia saído com José Henrique e indagou:

— Você não tem saído muito, não é? Pelo que me lembro, a última vez que conversamos foi naquela festa de aniversário em que fomos juntos, no dia em que você conheceu o pai de João, lembra?

— Eu saí outras vezes, mocinho. Não saí mais com você porque você não me convidou novamente e sua namorada não iria gostar (risos).

César percebeu que Bianca estava receptiva ao diálogo e questionou-a sobre o pai de João:

— Aquele dia foi engraçado. Quem diria que a gente ia encontrar o pai de João. O cara é uma figura, não é?

Bianca deu uma pausa de uns três segundos e respondeu:

— Sim, é gente boa.

Nesse momento, César resolveu fazer a pergunta que queria desde o começo da conversa:

— Você foi com ele ao bar no dia seguinte?

Bianca mais uma vez demorou a responder e mudou de assunto, falando:

— Eu e as meninas vamos te visitar aí em breve, ok?

— Sim, em breve combinaremos – disse César, desanimado, vendo que ela mudara de assunto.

Daí para frente a conversa seguiu com Bianca falando muito e César, de coração partido, apenas ouviu sem prestar muita atenção no que era dito. Naquele momento, estava certo de que Bianca tinha se encontrado novamente com José Henrique, mas não tinha certeza de quando teria acontecido o encontro. Além disso, acreditava que algo havia acontecido entre os dois e que era o motivo do comportamento estranho da amiga.

28

O sim de Bianca

Na manhã seguinte, na escola, Evelyn estava quieta e parecendo triste no fundo da sala de aula, pois não tinha mais seu namorado para lhe fazer companhia. Observando a situação, com a intenção de animá-la, na hora do intervalo, Katharine e Bianca convidaram-na para saírem juntas naquele dia. Planejavam ir ao cinema no final da tarde e logo depois pretendiam conhecer uma nova pizzaria do shopping da região.

À tarde, já na recepção do cinema, as moças ainda não tinham escolhido qual filme iriam assistir. Era consenso de que não queriam ver filme romântico por não haver clima para romantismo no momento. Resolveram ver um filme de ação e acabaram escolhendo um do Capitão América. Ao final do filme, como combinado, as moças foram comer uma pizza.

Ao checar o celular já na pizzaria, depois do cinema, Bianca viu uma chamada perdida de um número desconhecido. Contudo ela tinha quase certeza de quem teria a ligado.

Katharine questionou Bianca sobre o motivo de ela ter ficado com o rosto pálido de repente. Já Evelyn preferiu não opinar sobre o assunto, pois não eram tão íntimas e tinham se aproximado havia pouco tempo, devido ao seu relacionamento com César.

Bianca respondeu que recebera uma ligação de um número desconhecido durante o filme e achava que o número era de José Henrique, pai de João. Katharine comentou se não seria o próprio João que havia ligado usando o celular do pai. Bianca respondeu que era difícil isso acontecer, já que eles não moravam mais juntos por causa do divórcio.

Katharine indagou à Bianca como ela conhecia o número do pai de João e a amiga prontamente respondeu que ele tinha lhe dado o número na festa de aniversário em que haviam se conhecido. Katharine sabia que Bianca memorizava bem as coisas e que era mesmo possível que ela tivesse memorizado o número, mas não fazia sentido o pai de João ligar para sua amiga.

Evelyn surpreendeu-a perguntando se o pai de João era o homem bonito que dividia a mesa e conversava com César e Bianca na festa de aniversário naquela noite. Nisso, Katharine comentou:

— Está vendo, Bi. Até Evelyn já conhece o pai de João. Só eu que não tenho sorte.

Bianca estava desconfortável com os questionamentos das colegas e mudou de assunto, dizendo estar preocupada, pois já deveria ter escolhido a faculdade que iria cursar mas até o momento não havia se decidido. Katharine propôs que, se ela quisesse, poderiam chegar à melhor opção usando a estratégia de eliminação, ou seja, fariam uma lista dos cursos disponíveis e analisariam caso a caso. Bianca concordou com a amiga e elas combinaram de conversar sobre isso em breve.

À noite, Katharine ligou para João para combinar detalhes sobre a festa surpresa de aniversário de Bianca. Ela aproveitou e indagou se ele havia ligado para a amiga à tarde, pois elas estavam juntas e ela recebera uma ligação de um número desconhecido. João respondeu que não e que Bianca tinha o contato dele, portanto saberia se ele ligasse. Katharine ficou em silêncio por um tempo e em seguida despediu-se de João, mandando beijos e desejando-lhe uma boa noite de sono.

No dia seguinte, uma quinta-feira, aproximava-se o dia do aniversário de Bianca. Seus amigos estavam certos de que a surpreenderiam com uma festa. Por outro lado, a moça sabia que eles não iriam esquecer a data, mas não comentava nada para não estragar a surpresa.

Por volta das três da tarde, naquele mesmo dia. Bianca recebeu outra ligação do número de José Henrique. Ela não havia gravado seu contato, porém decorara os dígitos. A moça respirou fundo e atendeu à ligação, dizendo:

— Oi, seu José Henrique. Tudo bem?

José Henrique comentou que estava feliz de ela ter decorado seu contato. Bianca falou que se lembrava dos números, mais não tinha salvado em sua agenda telefônica. Ele brincou pedindo que ela o chamasse de modo menos formal e, de forma direta, disse:

— Bianca eu gostei de você e espero sair com você em seu aniversário. Tenho planos para nós. Garanto que você vai gostar. E talvez ainda dê tempo de comemorar com seus amigos depois, se você topar.

Ela ficou em silêncio por alguns instantes e, àquela altura, não conseguia mais disfarçar sua confusão por estar atraída pelo pai do cara por quem era

Quem é João?

apaixonada. E, ironicamente, no momento em que parecia começar certa reciprocidade por parte de João.

Ela disse estar preocupada com a reação de sua mãe, já que ela conhecia a família dele e poderia não entender, causando estresse em casa, o que poderia atingir até a saúde de sua avó, que não estava muito bem. Após ouvir esse argumento, José Henrique comentou que eles só saberiam o que poderia acontecer se saíssem novamente.

Nervosa e gaguejando, a garota explicou:

— Não é assim tão simples. Eu estou confusa, pois da última vez, no carro, eu não resisti aos seus toques. Embora não pareça, acredite, eu nunca fui tocada daquela forma antes. Eu não queria que acontecesse. Não consigo tirar essa cena da cabeça. Tenho medo do que pode acontecer se sairmos novamente.

Rindo da situação, o pai de João tentou acalmá-la, dizendo:

— Eu te entendo. Precisamos conversar mais sobre isso. Sugiro nos encontrarmos no café do shopping próximo à sua casa em meia hora, certo, minha querida?

Definitivamente, ela não conseguia dizer não a José Henrique, pois, além de tudo, ela não tinha uma figura masculina em sua vida, visto que vivia com sua mãe e com sua avó desde criança. Então ficou combinado de se encontrarem no Café e Cia em mais ou menos uma hora.

Na hora marcada, José Henrique estava lá. Bianca não demorou a chegar. Antes de qualquer coisa, ele tentou tranquilizá-la dizendo que sabia que ela era apaixonada por seu filho e que iria respeitá-la. Ele reforçou o desejo de proporcionar-lhe um dia especial em seu aniversário.

Surpresa, ela perguntou como ele sabia que ela era apaixonada por João, deixando-a envergonhada ao responder o seguinte:

— Não foi por isso que você me procurou? Para saber sobre João? Não tinha como não perceber.

— Sim, foi por isso que fui falar com o senhor – respondeu a garota timidamente.

Então o pai de João revelou para ela que seu filho também parecia gostar muito dela, mas por serem muito amigos, dificilmente João tomaria iniciativa:

— Ele não iria querer correr o risco de perder sua amizade caso um relacionamento amoroso não desse certo.

Bianca perguntou a José Henrique o que ele faria nessa situação. Ele, imediatamente, respondeu:

— Só os dois podem decidir.

Refletindo sobre o que havia acabado de ouvir, Bianca comentou:

— Vamos pedir um cafezinho agora?

— Vamos pedir dois cafés e depois você me responde se aceita meu convite – respondeu José Henrique.

— Eu aceito seu convite, sim. Agora vamos pedir logo esse café (risos) – disse ela.

Nesse momento, o pai de João aproveitou e deu um beijo em seu rosto, elogiando o cheiro da moça.

29

Ruth sem limites 2

Era sexta-feira à tarde e, assim como às segundas e às quartas, João estava no curso de guitarra. Nesse dia, Ruth voltou cedo para casa e passou a tarde toda trancada em seu quarto masturbando-se com diversos brinquedos eróticos que ganhara em um dos eventos em que trabalhara como palestrante.

Ruth experimentou vibradores e pênis artificiais, entre outros objetos. Ela estava tentando evitar voltar à vida promíscua que levava antes e esperava que os brinquedos sexuais a deixassem satisfeita e ela conseguisse evitar cair em tentação. Assistiu a alguns vídeos pornôs pela internet, fazendo sua vagina lambuzar-se de tesão enquanto estimulava seu clitóris com os objetos.

Ruth despida, em qualquer posição estava muito excitada, assim como sua parte íntima ficava muito lambuzada de tesão ao menor estímulo. Com sua virilha totalmente lisa e molhada, Ruth masturbava-se até suas pernas tremularem de prazer enquanto sua vagina esguichava, molhando tudo a sua volta, fazendo-a gritar de prazer.

Porém, mesmo após alguns orgasmos, ela percebia que não estava feliz e a cada gozo ela sentia-se mais deprimida e angustiada. Não satisfeita, Ruth, que se inscrevera em sites de interação sexual on-line e ao vivo, interagiu sexualmente com homens, mulheres e casais.

Apesar de todo o fogo que ainda tinha, Ruth não era a mesma de antes. Desde a sua separação não havia conseguido envolver-se com ninguém até então e, emocionalmente abalada, era vista de cabeça baixa, pensativa e triste.

No final da tarde, João chegou em casa e encontrou Ruth na cozinha, vestida com um de seus pijamas, tomando um chá, aparentemente triste. Ele, então, perguntou:

— Oi, mãe. Aconteceu alguma coisa?

Sem dizer nada, ela começou a chorar compulsivamente. João, sem ficar surpreso com a reação inesperada de Ruth, aproximou-se dela e disse:

— Está na hora de você se tratar, não acha?

Esvaindo-se em lágrimas, ela não disse uma só palavra, porém o abraçou forte desabafando toda sua angústia.

30

A angústia de Evelyn

Ainda meio triste por perceber que sua relação com César esfriava, Evelyn telefonou para Katharine para desabafar suas angústias, mas ao tocar no assunto não conseguiu segurar as lágrimas e, soluçando, não concluía suas falas.

Katharine, percebendo a situação, pediu que a amiga se acalmasse e a esperasse em sua casa que logo ela chegaria para conversarem pessoalmente.

Na casa de Evelyn, ouvindo as angústias da amiga, Katharine chamou-a para passear e, assim, esquecer os problemas e esfriar a cabeça. Ela comentou:

— Vamos chamar Bianca e vamos novamente ao cinema.

Katharine telefonou para Bianca que, estranhamente, não atendeu às ligações. Ela comentou com Evelyn que era a primeira vez que Bianca não a atendia. Evelyn supôs que ela estivesse ocupada e provavelmente retornaria as chamadas. Katharine disse que elas iriam de qualquer forma, que mesmo sem Bianca elas sairiam para se divertirem.

As duas foram a um barzinho com música ao vivo, muita gente bonita e excelente comida. As novas amigas pareciam divertir-se bastante com o clima agradável do bar. Katharine ficou feliz ao ver Evelyn sorrindo e superando a tristeza em que se encontrava. Por outro lado, Bianca acabou não retornando as chamadas de Katharine naquele dia.

Ao final do encontro, Katharine disse para Evelyn que conhecia César há muito tempo e que, apesar de ficar feliz com o namoro entre eles, achava difícil, devido à distância, que a relação durasse muito tempo e que ela precisava aceitar e superar isso. E finalizou a conversa dizendo que estaria disponível sempre que sua nova amiga precisasse sair e conversar.

31

A depressão de Ruth

Ainda naquele final de semana, João, preocupado com a situação de Ruth, que estava deprimida e tendo crises de choro repentinas, conversou com seu pai José Henrique sobre o que estava acontecendo com ela e questionou se algo parecido já havia acontecido antes. José Henrique respondeu que João precisava ter uma conversa séria com a mãe, pois havia coisas sobre ela que apenas ela poderia explicar.

José Henrique, após ligar para Ruth falando sobre as preocupações de João, convenceu-a a voltar a se tratar e agendou uma consulta de emergência com o médico de confiança da família.

João, preocupado com ela, permanece em casa para observá-la. E como esperado, não demorou muito para que Ruth voltasse a ter outra crise acompanhada de muitas lágrimas num choro incontrolável. Sem ter mais o que fazer, João acompanhou Ruth ao médico que seu pai havia indicado.

Enquanto Ruth era atendida pelo médico, João, na sala de espera, percebeu que Ruth havia deixado seu celular de trabalho em uma cadeira, ao lado de sua bolsa. Ele pegou o celular com a intensão de colocá-lo dentro da bolsa de Ruth, porém, ao perceber que estava desbloqueado, não aguentou a curiosidade de ver como eram suas atividades de trabalho.

João surpreendeu-se com a quantidade de atividades de marketing que sua mãe desenvolvia e o número de grupos de que ela participava. De fato, Ruth era muito popular e sociável. Empolgado e orgulhoso com as atividades de sua mãe, ele continuou a bisbilhotar suas pastas repletas de propagandas e produtos de sua empresa.

Contudo João percebeu uma pasta escondida na lixeira do aparelho. Sorrindo, sem expectativas, mas bastante curioso, João abriu a pasta oculta no celular de Ruth. Ao abrir, João assustou-se ao deparar-se com diversas imagens de sua mãe nua e tendo relações sexuais com diversos homens e em lugares e épocas diferentes. Em meio a muitas fotos, viu em uma delas seu amigo César, sem camisa, cobrindo o rosto, mas em nenhuma situação sexual.

Quem é João?

Sem conseguir acreditar, fechou a pasta secreta e foi ao bate-papo para ver se havia conversas entre eles. E surpreendeu-se ainda mais ao ver que não só trocavam mensagens como Ruth pretendia, por muita insistência de César, ir a Europa para visitá-lo.

João percebeu que a consulta de Ruth havia acabado e que ela estava saindo da sala acompanhada do médico. Apesar do que acabara de descobrir, João conseguiu manter-se tranquilo, levantou-se e, carregando a bolsa da mãe, aproximou-se dela e do médico e perguntou como estava a saúde dela. O médico respondeu que a havia medicado e deu-lhe algumas receitas de medicamentos para que fossem providenciados e administrados por ela com a supervisão do filho.

Mais tarde, em casa, João ligou para sua avó, dona Lívia Machado, e pedindo segredo desabafou com ela, emocionando-se em alguns momentos e dizendo não saber o que pensar de sua mãe e de seu amigo César. Colocando-se à disposição para ajudá-lo caso precisasse, ela lhe disse, com ênfase, que ele deveria manter-se calmo e pensar no que ele faria no lugar de Ruth e de César. Ela ainda o aconselhou a seguir a vida dele sem envolver-se em nenhuma relação de sua mãe.

32

O começo o fim

No domingo à noite, César, ainda na Europa, recebeu uma ligação de Katharine. Ela comentou que estivera com Evelyn e que ela estava muito deprimida por estar insegura em seu relacionamento com ele. A moça questionou o amigo sobre os motivos de Evelyn não estar se sentindo bem em relação a ele.

Exasperado com o comentário de Katharine, César respondeu:

— Evelyn tem me ligado o tempo todo, só que eu ando muito ocupado e nem sempre posso atender. Mas da última vez em que falamos combinamos de nos encontrar no aniversário de Bianca.

Katharine cobrou do amigo que fosse honesto com Evelyn, pois ela estava sofrendo ao achar que estava sendo ignorada por ele. O rapaz admitiu que, de fato, estava em dúvida se deveria manter o relacionamento com Evelyn, pois, apesar de gostar da companhia da moça, a falta de tempo e a distância dificultavam muito a manutenção da relação. Katharine concordou que a situação era difícil, porém pediu que ele não deixasse a moça sem respostas.

César mudou de assunto perguntando se havia alguma novidade sobre a aniversariante. Katharine contou que estava decepcionada com Bianca, pois ela não estava mais atendendo suas ligações e dessa forma ficaria difícil fazerem a tal festa de aniversário que planejavam.

Katharine perguntou se César havia percebido a mudança de comportamento de Bianca e se ele desconfiava o que poderia estar acontecendo com ela. O rapaz respondeu que há muito tempo havia percebido que Bianca estava estranha e que tinha quase certeza do que motivou sua mudança na relação com eles. Contudo afirmou que era conveniente não se envolver nesse assunto.

Sem querer citar nomes, ela perguntou:

— César, você concorda que algo pode ter acontecido com Bianca naquele dia em que nos encontramos na festa com Evelyn?

Quem é João?

— Sim, mas acho que você também não deveria mais falar sobre isso, entendeu? – respondeu ele sem pensar muito.

— Eu compreendo – ela disse, cada vez mais convicta de que Bianca estaria se relacionando com o pai de João. Então despediu-se dele falando:

— Está bem, amigo. Agente vai se falando. Beijos.

No dia seguinte, uma segunda-feira, pela manhã, Katharine e Evelyn estavam juntas na escola em que estudavam, debatendo sobre uma questão de matemática da aula que haviam acabado de assistir. As duas ficaram a manhã toda juntas, pois, além de César, que não estudava mais na instituição, Bianca e João não estavam presentes nesse dia.

Nesse dia, Bianca e João perderam as aulas de Matemática por motivos semelhantes. Ambos estavam, naquele momento, com problemas graves de saúde em suas famílias. Enquanto a avó de Bianca havia passado mal naquela madrugada devido ao sério problema de saúde pelo qual há tempo vinha sofrendo, seu amigo João ficou dando suporte a sua mãe, que estava sob efeito de fortes medicamentos pela crise de ansiedade que a acometera em todo o fim de semana.

Durante as conversas, Evelyn comentou que gostaria de sair à noite, pois seus pais estavam sendo mais flexíveis em relação a ela desde que havia começado a namorar com César. Katharine então aproveitou e convidou-a para irem juntas ao teatro ver o show de um grupo de *stand up* com comediantes famosos de São Paulo. Evelyn concordou dando pulos de alegria, porém comentou que não poderia voltar muito tarde para não abusar da flexibilização de seus pais. Katharine acalmou a amiga dizendo:

— Não se preocupe, amiga. Tenho um plano para o caso de ficar muito tarde. Você vai gostar.

Mais tarde, já em casa, Katharine ligou para Evelyn pedindo desculpas, pois o show que tinham combinado de irem seria no dia seguinte, na terça-feira, às 20h. Educadamente, Evelyn respondeu que não teria problemas com a mudança de dia, inclusive que preferia que fosse mesmo no dia seguinte.

Na terça-feira, como era costume, João tinha seu encontro com a massoterapeuta Aline.

Há algum tempo João havia deixado de frequentar suas aulas às terças-feiras, pois era o dia em que ele, semanalmente, costumava fazer sua massoterapia no centro de estética e massagem. Nessa semana, contudo, João resolveu não ir à clínica e solicitou que sua terapeuta o atendesse a domicílio, já que Ruth, tendo melhorado de suas crises, havia voltado à sua rotina normal de trabalho naquele dia.

Todavia sua massoterapeuta não podia atendê-lo em sua casa, pois temia que Ruth a visse em sua casa naquelas condições. Ela havia sido amiga de Ruth e namorada de José Henrique há cerca de 20 anos e tinha reconhecido João quando o vira na clínica pela primeira vez. Inclusive, a intenção de Aline era ir avançando a cada encontro até conseguir conquistar sexualmente o filho de sua antiga amiga, que se casou com seu ex-namorado.

Aline era um pouco mais jovem do que Ruth e por ser uma mulher bem cuidada João jamais a associaria aos seus pais, até mesmo porque seria uma coincidência extraordinária para ele. Todavia Aline sabia muito bem o que estava acontecendo e pretendia seguir em frente.

No final da tarde daquela terça-feira, Evelyn estava empolgada com o programa que ela e Katharine haviam planejado para logo mais à noite. Antes de dirigirem-se ao teatro, encontraram-se em uma pizzaria para bater papo e comer.

Enquanto comiam uma bela pizza com refrigerante, conversavam animadas sobre seus colegas de estudo e concordavam que a turma em que estudavam era bastante heterogênea em relação às áreas que pretendiam cursar. E Katharine comentou que justamente seus amigos Bianca e João não haviam se decidido o que fariam da vida acadêmica no ano seguinte.

Lembrando-se de conversas que tivera com César sobre seus amigos, Evelyn comentou com Katharine que João herdaria a empresa da família e pretendia investir na carreira de músico. Katharine revelou que, de fato, a família dele era muito bem-sucedida e que ele não precisava ter um diploma para ganhar dinheiro.

Mudando de assunto, Katharine perguntou a Evelyn como estava o seu relacionamento com César. Evelyn respondeu que não tinha ligado mais para ele, pretendia parar de insistir e esperaria ele tomar a iniciativa entrando em contato com ela.

Evelyn aproveitou o assunto e perguntou à amiga se João era comprometido, pois nunca o vira com ninguém e sabia que as moças da turma eram todas interessadas em namorá-lo. Katharine respondeu que também nunca havia presenciado João com nenhuma mulher, mas achava que ele era discreto e que sabia fazer as coisas; e ainda confessou que desconfiava que ele flertava com Bianca, pois além de estudarem no mesmo grupo, eram vizinhos e as famílias se conheciam.

Impressionada, Evelyn disse que não entendia o porquê de um cara como ele não se aproveitava para pegar geral como fariam a maioria dos homens. Katharine concordou com ela e confessou que também tinha inte-

Quem é João?

resse em João, mas quando se tornaram amigos ela ficou com medo estragar a amizade caso um relacionamento fracassasse.

Aproximadamente duas horas antes do evento começar, Evelyn propôs que Katharine convidasse João para ir ao teatro para assistir ao show com elas. Rindo, Katharine comentou que pretendia ligar para João pedindo para que fosse buscá-las de carro no teatro após o show, mas a ideia de convidá-lo para fazer companhia às duas durante a apresentação de *stand up* era bem melhor. Ela ainda concluiu dizendo:

— Não sei como não pensei nisso antes.

Ela, então, ligou para João, que gostou da ideia e pediu que as meninas comprassem seu ingresso para garantir sua entrada caso ele se atrasasse, pois estava jantando com Ruth e precisava verificar se ela tomaria seus medicamentos corretamente.

Enquanto aguardavam o horário do show, confiando que João se responsabilizaria em levá-las em casa, Katharine e Evelyn resolveram pedir uma bebida um pouco mais forte. Evelyn, que não costumava beber, insistia em experimentar uma batida de morango e, obviamente, Katharine acompanhou-a.

Perto das 20h, João ligou para Katharine dizendo que estava chegando e perguntou se haviam conseguido um ingresso para ele. Ela respondeu que estavam com os ingressos na mão e estavam esperando por ele em frente ao teatro.

João chegou ao teatro em cima da hora e cumprimentou as amigas com beijos no rosto e abraços. Katharine, sem demora, apressou-os a entrarem para tomarem seus assentos, pois o evento não demoraria a começar. Percebendo o cheiro do álcool, João olhou para Katharine e perguntou:

— Kate, você voltou a beber?

Katharine respondeu que só tinha experimentado uma batida com Evelyn. Sem tocar mais no assunto, os três entraram e com seus ingressos em mãos sentaram-se em seus lugares para curtir o evento.

Evelyn parecia estar se divertindo muito com as apresentações dos humoristas. João também parecia estar se distraindo com as piadas. No entanto Katharine parecia estar meio sonolenta por causa da batida de morango que havia tomado há pouco. João, sabendo que Katharine não reagia bem a bebidas, observou-a e já percebeu mudança no comportamento da moça.

33

A traição de Evelyn

Na saída do teatro, como era esperado, João, sem aceitar recusa, disse que levaria as moças em segurança, cada uma para sua casa.

Katharine, que estava no carro ao lado de João, ao chegar em frente ao prédio onde morava, aproveitando o abraço de despedida que recebeu, beijou o amigo na boca, que, por sua vez, correspondeu à investida da garota, prolongando, por alguns segundos, o beijo e a troca de carícias entre eles.

Depois da surpreendente troca de beijos e das carícias entre os dois, ela despediu-se do amigo e de Evelyn, que olhava para os dois sem saber o que dizer, de boca aberta, com a mão cobrindo a expressão de espanto em seu rosto. Em seguida, antes de continuarem o trajeto, João e Evelyn observaram Katharine entrando, em segurança, no prédio em que morava.

Com a saída de Katharine do carro, João pediu a Evelyn, que estava no banco de trás, que fosse ficar com ele na frente. A garota, que tinha observado tudo o que havia acontecido, rindo, saiu do banco de trás do carro e sentou-se na frente, ao lado de João. Vendo a expressão da moça, ele também sorriu e comentou:

— Katharine me surpreendeu hoje. Ela nunca havia me beijado antes

Enquanto Evelyn achava graça da situação, João, supondo que o comportamento de Katharine teria sido motivado pela bebida, questionou:

— Vocês beberam muito antes de eu chegar?

A garota respondeu que Katharine sabia muito bem o que estava fazendo, pois quase não haviam bebido naquele dia. Ainda sorrindo, ela comentou que talvez Katharine tenha se motivado pela conversa que haviam tido mais cedo. Curioso, João perguntou sobre o que as duas tanto conversavam antes de ele chegar. Evelyn, meio tímida, resistiu em revelar o conteúdo da conversa, mas ele insistiu e a moça revelou que estavam falando dele, de como ele era um homem especial, e que as duas seriam dele se ele quisesse.

Quem é João?

João, despretensiosamente, pergunta:

— Você quer ficar comigo hoje?

Evelyn ficou um pouco tensa, com a voz embargada, mas respondeu:

— Sim, se você quiser eu quero.

João questionou a Evelyn se ele poderia levá-la a um lugar discreto. Ela disse que sim, mas que não poderia voltar tarde para casa. Então ele começou a dirigir para o motel mais próximo. Percebendo para onde estava sendo levada, ela permaneceu calada, parecendo aceitar o que estava por acontecer. João entrou no motel e pegou a chave de um quarto com garagem na portaria. Ainda na garagem, João retirou o cinto de segurança, puxou Evelyn para perto dele e abraçou-a com força, dando-lhe um beijo de língua demorado.

Após alguns minutos, João enfiou as mãos dentro de blusa da moça, acariciou seus seios e começou a beijar seu pescoço enquanto descia a mão por dentro do short dela, tocando-a em sua região íntima molhada, fazendo-a gemer de prazer enquanto ele chupava os seios. Gemendo, ela sussurrou:

— Vamos logo para o quarto.

— Vamos. Não podemos demorar muito aqui – respondeu o rapaz.

Ao entrar no quarto, João deitou Evelyn na cama, retirou sua calça e começou a chupá-la, fazendo-a lambuzar-se de tesão. Aparentemente, ela teve alguns orgasmos enquanto era chupada por ele. Retirando completamente a roupa, Evelyn falou para o rapaz:

— Vem, mete logo.

João também tirou toda a sua roupa e com o pênis latejando de tesão, em cima de Evelyn, tentou penetrá-la. Ainda sem experiência, ela foi orientada por ele a abrir bem as pernas. Obedecendo-o prontamente, logo ela começou a ser penetrada profunda e intensamente pelo rapaz. Em plena excitação e entrega, diferentemente das relações com seu namorado César, dessa vez Evelyn não sentiu nada além de prazer.

Apertando-se mutuamente por meio de abraços, enquanto João socava forte, Evelyn, gemendo de prazer, pediu soluçando:

— Goza logo, meu amor.

João, eufórico e afobado, à beira de chegar ao cume da relação, gaguejando, perguntou à moça se podia gozar dentro. Evelyn respondeu que sim. Então, acelerando seus movimentos, sem demora, João gozou dentro dela, ficando os dois ofegantes, parados por um tempo, parecendo satisfeitos.

Evelyn, toda lambuzada, pediu para chupar o rapaz antes de irem embora. Ela tentou, mas por estar com o membro sensível por ter acabado de gozar, João comentou que não conseguiria e precisavam fazer isso outro dia, e convidou a moça a voltarem ao motel no dia seguinte. Feliz e rindo, ela beijou a boca do rapaz, abraçou-o e disse:

— Claro! Você me confirma o horário e me pega lá em casa. Agora precisamos ir. Está ficando tarde.

Ao chegar em casa, Evelyn viu que havia algumas ligações perdidas de Katharine e ficou com vergonha de retornar naquele momento, pois não saberia o que dizer e tinha medo de a amiga desconfiar do que tinha acontecido entre ela e o homem por quem ela se interessava e que havia beijado um pouco antes.

No dia seguinte, por volta das 10h, Evelyn, preocupada por não ter atendido às chamadas de Katharine na noite anterior e ainda envergonhada, desculpou-se por mensagem por não a atender e justificou que, por já ser tarde, achou melhor conversarem no dia seguinte. Katharine viu as mensagens de Evelyn, porém, pensativa, sem saber o que responder, não retornou às mensagens naquele momento.

Nesse mesmo dia, quarta-feira, um feriado, João foi para sua aula de guitarra logo pela manhã, pois pretendia sair com Evelyn no final da tarde. Ela, por sua vez, torcia para que sua amiga Katharine não a convidasse para sair, já que aguardava a ligação de João para irem novamente ao motel da noite anterior.

A garota, que há pouco tempo era virgem, tendo tido sua primeira relação com seu então namorado, César, descobria-se uma mulher lasciva, com libido à flor da pele. Além de tudo, para uma moça como ela, com aquela mentalidade e faixa etária, relacionar-se com um rapaz tão cobiçado pelas moças do seu ciclo como João era como se fosse um prêmio de honra ao mérito.

Já Katharine, em sua casa, relembrando a noite do dia anterior, chorou de arrependimento por ter beijado seu amigo João ao despedir dele. Ansiosa, ela acreditava ter causado uma má impressão não só para João, mas também para Evelyn, que a tudo observava.

Logo depois do almoço daquela quarta-feira, João telefonou para Evelyn, dizendo:

— Oi, Evelyn. Tudo certo? Posso te pegar às 17h?

Quem é João?

— Oi, amor. Pode sim. Vou ficar esperando.

Angustiada, sentindo-se só, Katharine telefonou para César (que estava na França). Surpreso, César, disse:

— Oi, Kate. Novidade boa você me ligando a esta hora. Aconteceu alguma coisa?

— Na verdade, estou me sentindo sozinha aqui. Resolvi te ligar para saber como você está. Sinto sua falta, amigo – ela respondeu.

Meio emocionado, César disse, com sinceridade:

— Poxa! Não fale isso. Logo a gente vai se ver. Esqueceu que você será minha sócia? (risos).

Katharine, então, perguntou:

— E sua relação com a Evelyn, como anda?

— Temos nos falado pouco. Pretendo ligar para ela daqui mais tarde. Espero que ela não esteja mais chateada comigo.

Respirando fundo, a garota comentou:

— Eu estava feliz de ver vocês juntos e até segurei vela algumas vezes, mas agora, olhando vocês dois separados, parecem ser muito diferentes...

— Nossas conversas eram muito agradáveis, dávamos muitas risadas juntos, mas da última vez em que falamos ela parecia diferente, estava grosseira, disse que eu não queria atender as ligações dela. Sinceramente, eu não sei se quero continuar com ela mais – César disse.

— Eu tenho saído com ela esses dias. No começo ela estava deprimida, mas agora está saidinha até demais. Estou te contando isso porque sou sua amiga e me sentiria mal se não te alertasse sobre qualquer coisa que possa estar acontecendo – comentou Katharine, ao que César respondeu:

— Eu entendi. Obrigado, Kate. Vou pensar sobre o que você disse. Pode me ligar quando quiser. Beijos, querida.

— Óbvio que vou te ligar (risos). Você nunca vai se livrar de mim. Beijos.

Na hora combinada, João pegou Evelyn em frente à sua casa e sem muito papo foram direto para o mesmo motel da noite passada. Pararam rapidamente na portaria para pegar as chaves de uma das suítes e, dessa vez, sem amassos na garagem, foram logo para a cama. Como da primeira vez, Evelyn e João, com muita fome de sexo, arrancaram as roupas um do outro e, já despidos, ela olhou nos olhos de João, empurrou-o na cama e disse:

— Hoje você não me escapa. Vou te chupar até você me dar todo seu leitinho (risos).

Sorrindo, João deitou-se de peito para cima e com as mãos atrás da nuca fechou os olhos e deixou que a moça o chupasse com toda a empolgação que ela estava.

34

A secretária
ciumenta de
José Henrique

Ainda durante o fim de semana, Bianca ficou sabendo que a mãe de João estava depressiva e com constantes crises de ansiedade. O fato de serem vizinhas e de sua mãe conhecer Ruth facilitava com que Bianca tivesse acesso a certas informações.

Contudo, àquela altura dos acontecimentos e sentindo-se mais próxima de José Henrique, Bianca, com um misto de preocupação e curiosidade, por mensagem perguntou para ele sobre os boatos de que Ruth estaria com problemas de saúde. Ocupado, em uma viagem a trabalho, ele não pôde responder imediatamente, mas assim que possível retornou a mensagem e esclareceu para Bianca que Ruth estava apenas passando por algumas crises de ansiedade, mas já havia sido devidamente medicada e sendo observada diariamente por seu filho João.

Já falando por telefone com José Henrique, ela comentou que também estava passando por uma situação parecida, ou pior, devido às condições de saúde de sua avó. E completou:

— Essas coisas abalam toda a família.

Bianca ainda desabafou dizendo que estava faltando muito às aulas para ajudar sua mãe, que frequentemente precisava levar a sua avó ao médico para manter o tratamento. José Henrique, com a intensão de confortar a moça, disse:

— Logo tudo ficará bem, seja para sua avó se recuperar ou para ela, enfim, descansar, pois ninguém merece passar por todo esse sofrimento.

Sabendo que em breve perderia sua avó, emocionada, ainda conseguindo resistir e segurar o choro, a garota permaneceu em silêncio por alguns segundos. Percebendo o abatimento da moça, José Henrique disse que estava chegando de viagem e perguntou se Bianca não gostaria de distrair-se em um passeio com ele. Ele teria que ir à empresa para resolver coisas rápidas, mas depois poderiam ir a algum lugar interessante. Já mais segura em relação ao pai de João Bianca aceitou o convite e perguntou:

— Vamos passar o dia todo juntos?

José Henrique respondeu que iriam passear durante o tempo que ela precisasse e pediu para ela confiar nele e não se preocupar com nada. Então eles combinaram que, dessa vez, ele não há pegaria na casa dela e, sim, em um ponto de ônibus próximo à casa da moça.

Na terça-feira, Bianca aguardava José Henrique no local e na hora combinados. Às 9h aproximadamente, José Henrique parou seu Land Rover no ponto de ônibus em que Bianca estava, chamando a atenção das pessoas em volta e fazendo-a sorrir ao ver o vidro da janela abrir e aquele homem bonito e rico chamá-la para entrar. Bianca entrou no carro cumprimentando-o com um leve abraço e recebendo um beijo no rosto.

José Henrique avisou que iriam para a cidade vizinha para visitar uma das filiais de sua empresa e depois fariam um passeio pela região antes de voltarem para casa. Chegando à empresa, pouco mais de meia hora depois de pegar Bianca no ponto de ônibus, apesar de não ser seu costume, acompanhado de Bianca, ele resolveu fazer uma inspeção em todos os departamentos da filial.

Já com Bianca grudada em seu braço, José Henrique explicou as atribuições de cada seção pelas quais passavam, deixando-a admirada pelo poder e pelo respeito que o simpático pai de João tinha sobre seus inúmeros funcionários, de quem Bianca nada observava além de suas fardas cinzas de listras laranja. Depois de caminharem por um tempo, um pouco cansados, os dois chegaram à luxuosa e climatizada sala em que José Henrique analisava seus contratos e recebia empreendedores e empreiteiros para tratar de seus negócios.

A belíssima secretária de José Henrique, vendo a jovem e bela Bianca ao lado de seu chefe, parecendo decepcionada, ofereceu-lhes alguns tipos de bebida – água, café ou cappuccino. Enquanto sua secretária servia água e cappuccino para seu chefe e sua convidada, ele apresentou-a como amiga da família e colega de seu filho João. A secretária, de modo formal e demonstrando aborrecimento, comentou:

— Prazer em conhecê-la, senhorita Bianca.

Quem é João?

Já refrescados pelo ar condicionado do escritório, como já estava perto da hora do almoço, José Henrique chamou sua secretária para que ela reagendasse seus afazeres, pois ele ia sair para almoçar e não voltaria no período da tarde. Porém, veio outra funcionária para atendê-lo, que lhe entregou um bilhete escrito por sua secretária. José Henrique ficou tenso e calado ao ler o bilhete e, depois, perguntou à funcionária:

— Ela já foi ou está por aqui ainda?

A moça respondeu que não sabia, então o pai de João comentou que depois conversava com ela. Bianca perguntou a José Henrique o que estava acontecendo e ele disse que sua secretária não estava se sentindo bem e tinha ido para casa mais cedo. E completou:

— Não se preocupe. Isso acontece com frequência por aqui.

José Henrique e Bianca foram a um restaurante executivo na região e comeram uma deliciosa salada acompanhada de uma proteína vegetal, seguida de uma deliciosa água de coco natural. Após o almoço, ele questionou Bianca se o passeio estava agradando. Ela respondeu que aprendera muito com o passeio pela empresa e que adorava as explicações que ele lhe dava sobre sua empresa, e comentou, rindo, que está quase se convencendo a fazer o curso de Engenharia no próximo ano.

Mais uma vez, o empresário, oportuna e convenientemente, comentou:

— Você não precisa fazer um curso de Engenharia. Para ter acesso a tudo isso basta casar-se com o dono da empresa (risos).

Ao ouvir esse comentário, Bianca deu uma gargalhada, quase se engasgando com a água de coco, e disse:

— Até parece. Nem vou responder.

Passavam das 14h quando José Henrique comentou com Bianca o seguinte:

— Gostaria que todos os meus dias de trabalho fossem assim, com você ao meu lado. Adorei sua companhia hoje.

— Concordo. Também adorei – respondeu a moça.

Percebendo que Bianca estava encantada com tudo que tinham feito até aquele momento, José Henrique propôs:

— Bianca, gostaria de lhe fazer uma surpresa, mas tenho receio de você não gostar.

Ela disse que ele a deixara curiosa e queria saber do que se tratava. José Henrique respondeu que queria levá-la a um lugar mais discreto, mas que era surpresa, e que chegando lá ela a decisão era somente dela. Sem fazer ideia de onde ele pretendia levá-la, a moça, curiosa e empolgada, topou o desafio.

35

A surpresa para Bianca

José Henrique, então, pede para Bianca confiar nele e fechar os olhos enquanto ele dirigia seu carro, levando-a para o tal local misterioso. Ansiosa, porém sorridente, ela falava sem parar e ele, com sua voz tranquila e também sorridente, acariciando-a, tranquilizava-a.

Ao chegarem em uma garagem, José Henrique disse a Bianca que ela já podia abrir os olhos. Sem saber onde estavam, ela perguntou que lugar era aquele. Ao saírem do carro, o pai de João abraçou-a, comentou que estavam quase lá e pediu para que ela fechasse seus olhos novamente, pois ele a guiaria pela mão até o local em que pretendia levá-la. Ainda sorridente, ela disse:

— Vai meu Deus! Vamos lá.

José Henrique levou-a para um ambiente climatizado. Então pediu a ela que abrisse seus olhos, pois já haviam chegado. Ao fazê-lo, Bianca deparou-se com uma ampla suíte de um luxuoso hotel da região. Meio assustada, ela perguntou o que estavam fazendo ali. Ele respondeu que gostaria de oferecer a ela uma tarde de massagem e relaxamento. Aparentemente brava, a garota afirmou que ele não poderia levá-la para um hotel sem sua permissão, e concluiu dizendo:

— Mesmo se eu quisesse, não poderia vir, pois, como mulher, não estou preparada.

José Henrique riu e respondeu:

— Bianca, acalme-se. Eu contratei duas massagistas para cuidar de você e fazê-la relaxar. Elas estão subindo. Eu vou tomar um banho frio e descansar enquanto elas te fazem uma massagem relaxante, além de cabelo, unha e depilação se você quiser. Tem uma salinha aqui ao lado se quiser mais privacidade, ok?

Bianca correu para olhar a tal salinha à qual José Henrique havia se referido. De lá comentou:

— É uma salinha grande. Tem maca e banheira aqui.

Enquanto José Henrique respondia ao comentário da garota, ele foi até a porta da suíte para receber as duas massagistas que tinham acabado de chegar.

Como ele tinha planejado, tomou seu banho frio e ficou cerca de cinquenta minutos esperando Bianca ser cuidada pelas moças. Ao concluírem, apenas com um aceno e poucas palavras, as duas despediram-se de José Henrique, que ficou esperando por Bianca mais vinte minutos.

Meio nervosa, ao sair do banho, vestida com um roupão, assim como José Henrique estava, Bianca sentou-se na cama e comentou:

— Foi a primeira vez que fiz depilação dessa forma. Ficou tudo lisinho (risos).

— Deita aqui ao meu lado. Vamos relaxar um pouco – José Henrique respondeu, rindo do comentário de Bianca.

Bianca deitou-se ao lado dele e perguntou sobre o filme que estava passando na TV. Ele respondeu e perguntou como Bianca estava se sentindo. Ela respondeu que estava se sentindo leve e agradeceu pela surpresa. Então ele questionou:

— Eu não mereço um abraço de agradecimento?

Bianca sorriu e imediatamente, deitados, como estavam, abraçou-o e ouviu-o dizer:

— Vamos ficar aqui juntinhos vendo o final desse filme, ok?

Deitada ao lado dele, quase cochilando, com um de seus seios à vista e uma de suas pernas por cima de José Henrique, Bianca permaneceu quieta. Em menos de um minuto, ela dormiu, quase sobre ele, que também cochilou por alguns segundos. Pouco tempo depois ela acordou e, sem graça, pediu desculpas por ter dormido sobre ele. José Henrique comentou que tinha gostado muito de sentir seu calor e adoraria tê-la acordado com um beijo, mas não o fez para não a deixar brava.

Bianca comentou que adoraria ser acordada com um beijo gostoso, pois diziam que ela parecia a Bela Adormecida da Disney. Ele, então, não resistiu e, olhando os lindos seios da moça que já estavam inteiramente à mostra, beijou-a e abraçou-a. Percebendo que ela já correspondia, com a mesma intensidade, seus beijos e abraços, puxou-a para perto dele enquanto suas mãos passavam pelo seu corpo.

Bianca já não se preocupava mais em não estar coberta totalmente com o roupão e retribuía os beijos de José Henrique, assim como também o

Quem é João?

abraçava sem pudores. De repente, a garota, que o beijava romanticamente com os olhos fechados, abriu-os, assustando-se ao sentir o pênis de José Henrique rígido, pulsando, pressionando-a por baixo do roupão.

Sem querer perder esse momento, José Henrique beijou o pescoço de Bianca e segurando seus fartos seios alvos de belos bicos rosados, chupou-os com delicadeza ao mesmo tempo em que a pressionava contra seu corpo. Ao perceber que ela começou a morder levemente suas orelhas, José Henrique, com uma das mãos, buscou a vagina já lambuzada da moça. Ao tocar o clitóris, ele imediatamente ouviu-a começar a gemer de prazer.

Entusiasmado com a situação, ele começou a masturbá-la delicadamente e ela, deitada de barriga para cima, já muito excitada, abriu suas pernas, expondo-se completa e intimamente seu corpo, excitando-o ainda mais. Querendo empolgar ainda mais Bianca, ele guiou uma de suas mãos ao seu robusto membro para que ela pudesse senti-lo e incentivou-a a segurá-lo e masturbá-lo, excitando ambos ainda mais. Ela, por sua vez, com sua delicada mão, mesmo tentando, não conseguiu segurar nem metade do pênis do pai de João.

Sendo tocada por José Henrique e tentando retribuir masturbando-o, excitada, Bianca começou a gemer cada vez mais alto, parecendo estar prestes a chegar ao orgasmo. Percebendo isso, José Henrique manteve-a deitada de pernas abertas e começou a chupá-la, lambendo toda sua vagina rosada com mais intensidade, com movimentos de baixo para cima em seu clitóris, tentando fazê-la gozar. Não demorou muito e com as pernas tremendo e apertando com elas a cabeça de José Henrique, Bianca chegou a um intenso orgasmo.

Então, toda esguichada e ainda com as pernas trêmulas, voltou a segurar o pênis duro de José Henrique, e quase instintivamente, começou a chupá-lo tentando retribuir. Meio desajeitada pela falta de experiência, ela foi interrompida por José Henrique, que lhe disse:

— Bianca, eu quero meter em você. Quero sentir você. Você me permite ter esse prazer?

Embora Bianca já tivesse tido algumas paqueras em sua adolescência, aquela era, de fato, sua primeira experiência sexual completa. Ao olhar o pênis de José Henrique, apesar de estar pronta para ser penetrada, sentiu medo de ser machucada devido ao tamanho e à grossura dele. Ela confessou que estava com medo e ele, experiente, falou:

— Feche os olhos e venha por cima. Você vai ver que vai dar tudo certo.

Mesmo com receio, Bianca fez o que ele pediu. Ajudada por José Henrique, ela foi descendo, deslizando sobre ele, e, contorcendo-se, foi, aos poucos, penetrada. Gritando e gemendo, em um misto de emoções, ela sentiu aquele tamanho todo cada vez mais dentro dela. Em determinado momento, já completamente penetrada e mais uma vez de modo instintivo, ela começou a movimentar seu quadril, em um sobe e desce discreto, à medida que o prazer intensificava-se.

Em certa altura, José Henrique pediu que ela o beijasse enquanto ele a penetrava. A moça, então, debruçou-se ainda mais sobre ele até alcançá-lo e beijá-lo como ele havia lhe pedido. Aproveitando a posição, ele segurou-a pelas nádegas, penetrando-a com movimentos mais intensos, de baixo para cima, e beijando-a durante o processo. Metendo com força e prestes a ter um orgasmo, ele retirou seu membro de dentro de Bianca e ejaculou sobre ela, lambuzando-a e concluindo o ato sexual.

Bianca ficou deitada ao lado de José Henrique. Ainda com a respiração forte e de olhos fechados, comentou:

— Você, literalmente, me arrombou.

— Você está bem?".

— Sim, estou bem. Seu cacete é muito grande. Doeu um pouco, mas acho que o maior perigo é eu me viciar nele, porque só de olhar já dá vontade novamente.

José Henrique riu e comentou que deveriam ir com calma e esperar mais um pouco para ela sarar dessa primeira transa. Então ele propôs que tomassem um banho e se vestissem para que ele a levasse para casa. Percebendo que sua pele branca revelava que sua parte íntima estava um pouco machucada, ela quis mesmo lavar-se para voltar para casa.

No dia seguinte, uma quarta-feira, feriado, ainda dolorida, Bianca resolveu ir a um clube para tomar um banho de sol e relaxar. Nesse dia, como costumava fazer sempre que estava tensa, ela não atendeu a qualquer ligação, apenas familiares e José Henrique conseguiriam falar com ela.

Ela sabia que seus amigos provavelmente fariam uma festa para comemorar seu aniversário naquele final de semana. Seus amigos não sabiam, mas, na verdade, ela havia nascido alguns dias antes da data que estava em sua carteira de estudante. Contudo, para Bianca, esse fato era irrelevante e ela deixava seus amigos surpreenderem-na como costumavam fazer uns com os outros.

36

O reencontro das moças

Na quinta-feira, José Henrique havia comunicado à Bianca que logo cedo, antes de o sol nascer, viajaria novamente a trabalho e não voltaria a vê-la antes de quinze dias. Ele perguntou-lhe se ele, por acaso, não estava se esquecendo de algo importante. Naquele momento, ele realmente não lembrava de que o aniversário de Bianca era naquela semana e respondeu que ela podia ligar para ele a qualquer momento. Decepcionada, ela disse:

— Pode deixar. Eu ligo sim. Boa viagem.

Nesse dia, Bianca foi para a escola decidida a retomar sua rotina de estudos, e ela, que pensava em cursar Enfermagem, devido ao passeio com José Henrique passou a considerar a possibilidade de cursar a faculdade de Engenharia no próximo ano.

Katharine, que estava meio quieta e sozinha no pátio da escola, foi surpreendida por Bianca, sorridente, cumprimentando-a, pedindo desculpas e justificando não ter retornado suas ligações por estar muito preocupada com algumas questões pessoais que a tinham deixado com uma incômoda enxaqueca.

Evelyn havia ido ao banheiro e ao ver Katharine e Bianca conversando, aproximou-se, cumprimentando-as e passando a participar da conversa. Katharine, cismada com as duas colegas, ao contrário de como costumava comportar-se, sem assunto, apenas sorria e disfarçava, pois agora já tinha certeza da relação entre Bianca e o pai de João e desconfiava da traição de Evelyn e João em relação a César.

Ao sair da sala, João viu as moças juntas, conversando felizes. Sorriu ao lembrar-se de que já havia, de certa forma, tido um envolvimento, embora de formas diferentes, com todas elas. Com receio de alguma delas revelar algo para as demais, pensou em não se aproximar delas. Contudo ele sabia que não seria vantajoso para nenhuma delas estragar a amizade com revelações que causariam ciúmes entre elas. Então, após algum tempo de reflexão, resolveu ir até elas, carismático como sempre, como se nada estivesse acontecido.

Ao aproximar-se das moças, carismático como sempre, ele imediatamente as interrompeu, questionando:

— Como estão seus planos para o próximo ano? Já escolheram a universidade que vão? E você Bi, já resolveu o que vai fazer da vida?

Katharine respondeu que a qualquer momento saberia do seu resultado em Odontologia. Evelyn disse que já estava tudo certo para cursar sua faculdade de Direito e Bianca, a mais empolgada naquele momento, comunicou que estava entre Enfermagem e Engenharia Civil. Surpreso, João questionou:

— Que novidade é essa de Engenharia. Você nunca falou nada sobre isso com a gente.

Sem dizer nada, Katharine fez força para não revelar do que tinha quase certeza. Bianca respondeu a João que ainda não havia se decidido, mas que era a opção mais provável, considerando, ainda, Enfermagem e, talvez, Pedagogia.

O rapaz evitou alongar-se em sua conversa com as colegas para que comentários comprometedores não surgissem, muito receoso, ele despediu-se dizendo que precisava falar com um de seus orientadores na escola.

Elas continuaram conversando e Bianca contou que durante o feriado tinha ido à piscina do clube para relaxar e tomar um pouco de sol. Ela comentou que as colegas deveriam fazer o mesmo e que poderiam combinar de, em algum fim de semana, irem juntas. Katharine e Evelyn não acharam má ideia e disseram que, sim, em breve, poderiam combinar certinho.

Nesse dia, à tarde, João ficou em casa curtindo um seriado que seus companheiros músicos tinham lhe recomendado. Há algum tempo, sob influência de seus companheiros do curso de guitarra, ele havia começado a fumar maconha, mas sem a intenção de perder o controle e ficar viciado, apenas querendo conseguir um leve relaxamento.

A demissão de Ruth

Na quinta-feira, já no final do expediente, como não era de costume, Ruth, que havia ficado o dia todo reservada em sua sala, preparava-se para ir para casa. Freitas, seu chefe, que também estava de saída, passou na sala dela para dar suas recomendações para os próximos dias. Antes que ele começasse a falar, ela disse que estava cansada e que seria mais produtivo conversarem na manhã seguinte. Já insatisfeito com o comportamento diferente de Ruth no dia a dia da empresa, disse que ela estava muito diferente e que seu rendimento estava muito abaixo da meta e, principalmente, do que ela costumava render.

Ruth falou que, de fato, sua motivação não era mais a mesma e que se sentia cansada ultimamente. De forma sincera e olhando fixamente para ela, Freitas disse que naquele tipo de empresa e na função que ela exercia ele não podia manter funcionários com tão baixa produtividade e que ele a mantinha na empresa devido à amizade de longa data e por terem sido amantes durante um período.

Ela levantou a cabeça, respirou fundo e olhando nos olhos de seu chefe, pediu que ele fosse mais claro. Freitas rapidamente respondeu:

— Você sabe do que estou falando, Ruth.

Então ele despediu-se e foi saindo da sala. Imediatamente, com a voz firme, ela disse:

— Espere. Volte aqui. Então você está dizendo que só estou aqui porque você me comeu? É isso?

— Deixa quieto. Amanhã conversaremos, ok? – ele respondeu, preferindo não se expor, receando ter problemas legais.

Ruth segurou-o pelo braço e disse:

— Eu sei o que você quis dizer. Eu vou te dar o quer agora mesmo. Mas será a última vez que você verá a minha cara.

Ainda segurando Freitas pelo braço, ela puxou-o para perto de sua mesa, e com uma mão só e muita habilidade, abriu sua calça e abaixou-a com calcinha e tudo. Então soltou o braço dele e, com as duas mãos, retirou toda a parte de baixo de sua roupa, sentou-se de pernas bem abertas em sua mesa e falou:

— Venha me comer logo. Me fode como se fosse a última vez, porque será a última vez.

A empresa estava quase vazia por ser final de expediente, porém não era possível ter certeza de que ninguém apareceria por ali. Freitas olhou para Ruth toda aberta sobre a mesa, olhando para ele. Ele percebeu que a porta estava entreaberta e teve a sensação de que alguém estava espreitando sua conversa com a funcionária, porém, sem resistir à tentação, arrancou seu cinto e abriu a calça, expondo seu membro já plenamente duro de tesão, virou-se para ela e penetrou-a fortemente. Ruth arreganhou ainda mais as suas pernas e com a vagina já toda molhada, chupou a boca de seu chefe enquanto tentava segurar seus gemidos para não chamarem a atenção.

Apesar de estarem cheios de tesão ou até por causa disso, Freitas não aguentou muito tempo e gozou dentro de Ruth, que, por sua vez, percebendo que ele ia finalizar, passou a tocar-se com rapidez, chegando ao orgasmo segundos depois, sem conseguir segurar os gritos de tesão. Ainda eufórica, ela falou:

— Era isso que você queria, não é?

— Preciso ir. Minha mulher está me esperando lá embaixo, na cantina, com nosso filho no colo – ele respondeu, ainda mais receoso de alguém ter ouvido ou visto tudo.

— Como você sabe?

— Ela já estava lá quando eu entrei aqui.

— Meu Deus...

— Tchau, Ruth. Espero que não seja um adeus – ele disse, saindo quase correndo.

Ruth, que estava decidida a demitir-se da empresa, sentiu muito tesão por ter fodido com seu chefe com a porta da semiaberta e com a esposa dele esperando por ele tão perto. Então ela resolveu afastar-se por tempo indeterminado da empresa e pensar melhor sobre o assunto, pois ela tinha a opção de, após um longo período de férias, ajudar seu filho a administrar a empresa da família.

Quem é João?

Mais tarde, Freitas descobriu que sua esposa havia visto sua relação com Ruth e que estava solicitando divórcio, inclusive com imagens dos dois sendo usadas como prova da traição, o que justificava o pedido de indenização e de pensão para os filhos.

38

A grande matemática

Na sexta-feira pela manhã, enquanto participava de uma aula, João recebeu uma ligação de sua avó, dona Lívia Machado. Ela comunicou que gostaria que ele estivesse em casa com sua mãe no início daquela noite, pois ela e mais alguns familiares iriam visitá-los. Ela queria conversar com Ruth, ver como estavam as coisas após a separação e convencê-la a trabalhar na área de marketing da empresa da família e, assim, ajudar João em sua adaptação ao cargo de gerente que assumiria a partir do ano seguinte.

À tarde, como sempre, João foi fazer suas aulas de guitarra com seu instrutor e mais alguns conhecidos do grupo, que havia aumentado bastante nas últimas semanas e, a essa altura, já estava com cerca de 20 pessoas.

Por volta das 18h, mais cedo do que normalmente acontecia, João chegou em casa, pois, como sua avó havia pedido, precisava estar em casa à noite com sua mãe, para recebê-la junto a alguns parentes. Mais ou menos umas oito pessoas estariam chegando.

Já eram quase 19h quando dona Lívia Machado e os demais chegaram. Ruth e João receberam a todos e logo pediram algumas pizzas e bebidas para recepcionarem bem os familiares presentes ali.

Dona Lívia Machado, forte e empoderada, tomou à frente das ações naquele ambiente. Sabendo dos problemas de saúde que Ruth recentemente adquirira, ela mostrou-se solidária e, com uma postura materna, dispôs-se a responsabilizar-se, inclusive a morar com eles, caso fosse necessário, enquanto Ruth e João precisassem. Ruth, emocionada, sem conseguir segurar o choro, demonstrando ainda estar sob fortes tensões emocionais, agradeceu à dona Lívia e prometeu deixá-la ciente de tudo que acontecesse e que a deixaria ajudar sempre que precisasse.

Depois da conversa emocionada entre Ruth e dona Lívia, João pôs músicas animadas para alegrar o clima do encontro familiar. Dona Lívia orientou-o sobre suas responsabilidades como gerente em sua empresa, e o

Quem é João?

rapaz ouviu-a atentamente, tirou algumas dúvidas e combinou, desde então, os prazos para começar seu treinamento para o cargo.

O encontro familiar estendeu-se até por volta das 23h. Todos os presentes comeram, beberam e até dançaram, divertindo-se muito. Dona Lívia, parecendo estar muito bem fisicamente, a mais empolgada e com os melhores passos de dança, fez todos rirem com sua desenvoltura e rebolado.

39

O fim da amizade

Ao se despedirem dos familiares, já se preparando para dormir, João comentou com Ruth:

— Mãe, agora que a senhora está voltando ao normal, quero pedir um favor, mas para isso tenho que te revelar uma coisa chata.

— Se não for nada grave, pode falar, pois eu ainda não estou bem para receber notícias dolorosas – disse Ruth, ansiosa.

— Calma, dona Ruth. Nunca faria nada que fosse te prejudicar, mas preciso de um favor que só você pode fazer.

Ruth, de braços cruzados, disse:

— Pode falar, João. Se eu puder ajudar, claro que ajudarei.

Como era sabido, João e César, desde muito jovens, compartilhavam de momentos familiares, lazer e projetos de vida, porém as coisas haviam mudado para João devido aos últimos acontecimentos. Ao descobrir que César havia flertado com sua mãe em algum momento, ele acabou não se esforçando para evitar relacionar-se com Evelyn, até então namorada do amigo. Nesse contexto, valendo ressaltar que César ainda não estava ciente da situação, João não se sentia mais confortável em manter contato e muito menos a mesma amizade com ele.

Há um tempo eles tinham planejado fazer uma festa surpresa para comemorarem o aniversário de Bianca, mas devido à questão com César, assim como à má relação da própria Bianca com seus amigos, João achou que não havia mais clima para fazer a confraternização. Entretanto João ainda planejava parabenizar Bianca de outra forma.

Dando continuidade ao diálogo entre ele e sua mãe, João pediu ajuda a Ruth, dizendo que só ela poderia resolver. Então ele explanou:

— Gostaria que você dissesse a César que a festa para Bianca está cancelada.

Quem é João?

— Por que você não fala com ele? – Ruth, desconfiada, questionou.

João, sério, respondeu:

— Me perdoe, mas, olhei seu celular e acabei sabendo da sua relação com. Não te julgo, mas, com ele, eu não quero papo.

— Não vamos remexer esse assunto. Eu te compreendo. Vou falar com ele o que aconteceu e que você, chateado com o que aconteceu, não tem interesse em encontra-lo no momento, ok? – comentou Ruth, respirando fundo.

— Está certo. E encerramos esse assunto.

Ao entrar em seu quarto para dormir, antes de pegar no sono, Ruth enviou uma mensagem para César, como havia mencionado que faria. Todavia César não recebeu a mensagem naquele momento, pois estava em um avião, que saíra da França em direção ao Brasil. Ele receberia a mensagem assim que ligasse o celular, quando o avião pousasse no aeroporto.

Nessa mesma noite, João mandou uma mensagem para Katharine para avisar que ele não mais organizaria a festa de aniversário de Bianca, mas que depois ligaria para ela felicitando-a e, se possível, dar-lhe-ia um grande abraço.

40

A volta de César

Ainda era sexta-feira pela manhã quando Katharine, como costumava fazer, buscando desabafar suas angústias por meio de longas conversas, ligou para César, seu maior aliado naquele momento.

Ela confessou que estava aflita para que aquele último mês de aulas acabasse e como já não dependia de notas para sua aprovação, na semana seguinte faria uma pequena viagem para o Rio de Janeiro para visitar alguns familiares. E disse, ainda, que estava ansiosa para começar o curso de Odontologia no ano seguinte, pois já havia sido aprovada na faculdade particular de sua preferência.

César ouviu e concordou com tudo que Katharine disse, mas precisou interromper a conversa, pois ainda tinha que conversar com Evelyn sobre o encontro deles quando ele estivesse no Brasil e já estava na hora de preparar-se para a viagem. A garota desculpou-se por ter falado muito e que não havia se atentado para o fuso horário e para o fato de que o amigo precisava se organizar. No fim da conversa, independentemente de Evelyn, Katharine dispôs-se a recepcioná-lo em sua chegada no aeroporto.

Ao finalizar a conversa com Katharine, César ligou para Evelyn para combinarem de se encontrarem. Ela ficou nervosa ao ver o número de César chamando, pois receava atender às chamadas dele por estar envolvida sentimentalmente com João. Porém, vendo sua insistência, atendeu-o na terceira tentativa.

Bastante educado, o rapaz desculpou-se por não ter dado a atenção que ela merecia e convidou-a a saírem juntos na noite do sábado, para o aniversário de Bianca. Pensativa, ela resolveu ser curta em suas respostas, mas receptiva a encontrá-lo e conversarem no sábado.

César tentou falar com João com o intuito de confirmar os planos da festa que haviam planejado para Bianca, mas não obteve sucesso. Mesmo sem conseguir falar com o amigo, na sexta-feira pela manhã partiu ao aeroporto de Paris, na França, onde pegou o avião para o Brasil.

Quem é João?

Ao chegar ao Brasil, César foi surpreendido com a mensagem de Ruth que revelava que João havia descoberto a relação entre eles e que não era conveniente procurá-lo no momento. Ela completou sua mensagem dizendo: "Ele viu olhou meu celular quando eu estava numa consulta com o médico".

Duplamente decepcionado, tanto pela perda de sua longa amizade com João quanto pela sua relação secreta com Ruth, convenientemente, César não respondeu nem tentou contato com seu, agora, ex-amigo João. Ainda no aeroporto e disfarçando o que havia acontecido, o rapaz encontrou-se com Katharine, que já o esperava para tomarem um café juntos enquanto conversavam antes de ela acompanhá-lo até sua casa.

A amiga comentou que ficou surpresa ao receber uma mensagem de João cancelando a festa de aniversário de Bianca. Ela disse acreditar que era por causa dos problemas que a mãe dele vinha enfrentando há certo tempo. E Katharine concluiu dizendo que achava melhor mesmo, pois naquele momento não havia clima para esse tipo de coisa, já que a própria Bianca estava evitando contatos com os velhos amigos devido à relação misteriosa. Cabisbaixo e acumulando decepções, César aproveitou a companhia sincera e agradável de Katharine e, apesar de Evelyn, já pensava em seu retorno à Europa.

Por sua vez, Evelyn, angustiada, no sábado pela manhã ligou para João dizendo que César queria vê-la à noite e ela não sabia o que fazer. Sem querer falar sobre a relação entre Evelyn e César, o rapaz apenas perguntou se ela gostaria de ir ao motel de sempre para se verem e ela acalmar-se antes de conversar com o namorado. Ela concordou em encontrar João imediatamente, nutrindo a esperança de ter sua nova relação oficializada por ele.

Na casa de Bianca, ainda naquele sábado, um pouco mais cedo, sua mãe acordou-a dizendo que sua avó não estava se sentindo bem e que ela estava saindo para levá-la ao hospital com urgência. A garota, então, ofereceu-se para ajudar sua mãe no socorro a sua avó, mas ela disse que naquele momento não, mas que se elas não voltassem do hospital até a noite precisaria, sim, que Bianca fosse até lá dar para apoio às duas.

Chorando, ela concordou com sua mãe, e recebendo um forte abraço da também chorosa sua mãe, ouviu-a lamentar por aquilo estar acontecendo no dia em que pretendiam comemorar, as três juntas, seu aniversário. Bianca disse que ficaria esperando, à disposição, e concluiu:

— Vai ficar tudo bem.

41

O triste aniversário de Bianca

No sábado, por volta das 10h, a avó de Bianca já se encontrava em estado grave na emergência do hospital, e a moça, sozinha em casa, desesperada, sem conseguir parar de chorar, resolveu, quase que inconscientemente, ir até a casa de João, seu vizinho e amigo, procurando apoio e um ombro amigo. Em uma ligação muito rápida, ela disse a ele que precisava de ajuda e que estava indo na casa dele naquele momento.

João comentou com a mãe que Bianca estava nervosa e indo para a casa deles para conversar e Ruth, já ciente do provável motivo da angústia da moça, pois a mãe de Bianca havia lhe dito por mensagem que a avó dela havia passado muito mal durante a noite, pediu ao filho que a apoiasse naquele momento.

Bianca chegou já chorando à casa de João e logo Ruth lhe trouxe um copo d'água enquanto eles ouviam seus desabafos e consolavam-na, oferecendo companhia e apoio caso ela precisasse ir ao hospital.

João mandou mensagem para os amigos mais próximos de Bianca comunicando-os sobre o que estava acontecendo.

Bianca permaneceu na casa de João por todo o tempo e conversava, além de Ruth e João, apenas com sua mãe, que estava no hospital como acompanhante.

Por volta do meio-dia, a avó de Bianca já havia sofrido duas paradas respiratórias, precisou ser entubada e estava em coma induzido.

Enquanto César e Katharine continuavam conversando em uma cafeteria no aeroporto, preocupados com a notícia de Bianca, Evelyn, sem saber o que estava acontecendo, preparava-se para encontrar-se com João às 13h,

Quem é João?

em frente à sua casa. Na hora marcada, o rapaz, sem especificar aonde iria, disse que precisava sair rapidinho, mas pediu que Bianca não saísse dali e o esperasse, pois ele levá-la-ia ao hospital caso precisasse.

Exatamente às 13h, como combinado, João pegou Evelyn e levou-a para o motel de sempre. No caminho, Evelyn perguntou como seria a festa do aniversário de Bianca. Sem entrar em detalhes, João respondeu que a confraternização havia sido cancelada.

Evelyn lamentou a situação de Bianca e logo mudou de assunto, e querendo motivar um posicionamento de João quanto ao assunto, expressou sua preocupação com o que fazer com a relação dela com César.

Já no motel, ele comentou com a garota que tinha adorado fazer sexo com ela, mas que o namorado dela até então era César e que ele respeitaria as suas decisões sobre o que queria fazer a respeito. Evelyn, mesmo com medo de tomar um fora de João, fez questão de falar que estava apaixonada por ele e que ela tomaria a decisão que ele lhe pedisse. O rapaz pediu-lhe calma e disse que não queria se responsabilizar e, portanto, as escolhas eram exclusivamente dela.

Evelyn comentou com João que não sabia o que fazer e gostaria de ouvir dele algumas opiniões a respeito de como ela poderia lidar com a situação. Ele, então, esclareceu:

— Independentemente da sua relação com quem quer que seja, eu posso me encontrar com você sempre que você quiser. Você é uma gatinha muito gostosa.

Ela repetiu que estava apaixonada por ele e mesmo sabendo da não reciprocidade por não conseguiria rejeitá-lo, pois ela nunca imaginou que um dia relacionar-se-ia com um homem como ele. E em relação a César, disse que eles conversariam mais tarde, porém não pretendia relacionar-se mais com ele. Emocionada, quase chorando de nervoso, aproximou-se de João e beijou-o, iniciando a terceira relação sexual entre os dois.

Eram quase 15h quando João e Evelyn resolveram ir embora do motel onde se encontravam. Havia duas chamadas perdidas no celular dela e algumas mensagens enviadas por César. Querendo provar-se fiel, ela compartilhou o que havia em seu celular com João, que fingiu estar interessado e sorriu da situação.

Então João voltou para sua casa para encontrar-se com Bianca e Ruth e saber das novidades, enquanto Evelyn retornou a ligação de César e confirmou o encontro que teriam logo mais à noite.

Era fim de tarde quando Katharine, curiosa e preocupada com Bianca, resolveu ir à casa de João para ver como a amiga estava e oferecer seu apoio naquele momento. Já na casa do amigo, Katharine abraçou Bianca, solidarizando-se com ela, e comentou:

— Amiga, vai ficar tudo bem.

Depois de falar com Bianca e cumprimentar Ruth, Katharine, discretamente, disse a João que havia se encontrado César, que tinha chegado ao Brasil, e que percebera que ele estava deprimido.

— César está desanimado. Acho que aconteceu alguma coisa com ele.

Indiferente à situação e sem querer falar sobre César, João mudou de assunto, deu um leve abraço na amiga e comentou:

— Kate, obrigado pela sua presença aqui. Sua companhia ajuda Bianca a não ficar pensando no pior.

Enquanto isso, já anoitecendo, Evelyn foi ao encontro de César e, ao encontrá-lo, na hora combinada, deu-lhe um longo abraço, um beijinho e disse:

— Vamos para sua casa tomar um cafezinho, já que a festa foi cancelada. Vamos ver um filme juntos e passar um tempo a sós.

César logo questionou:

— Como você sabe que a festa foi cancelada?

— Ouvi falar, não me lembro onde. Isso não interessa. Se você ficar desconfiando de mim vou embora, ouviu? Ainda me lembro de que você me esqueceu quando estava fora – resmungou Evelyn, irritada com o questionamento de César.

Sem compreender o estresse de Evelyn, respirando fundo, o rapaz comentou:

— Vamos para a minha casa para tomar um café e ver um filme, ok?

Evelyn, começando a chorar, abraçou-o e, sem dizer nada, após alguns segundos, sinalizou com a cabeça que sim.

Na casa de César ela chorou novamente, pediu desculpas pela grosseria e disse que eles deveriam esquecer os problemas e ter paciência um com o outro, pois estavam muito tempo sem se ver.

Eram quase 21h quando a mãe de Bianca, por telefone, emocionada, encheu-a de esperança dizendo que os médicos retirariam as sondas, pois, inexplicavelmente, sua avó estava começando a sinalizar melhoras em seus sinais vitais. O que ela parecia não saber é que em casos graves, melhoras

Quem é João?

repentinas, ilogicamente, podem não representar uma melhora definitiva, mas o oposto.

Enquanto isso, sozinhos, abraçados, no escuro, assistindo a um filme na TV, César passava levemente as mãos entre as coxas de Evelyn, excitando-a e fazendo-a sussurrar alguns gemidos. Ele, então, conseguiu uma reação positiva da moça, que começou a retribuir, movimentando uma de suas mãos, ainda sobre a roupa, no pênis do rapaz. Porém, ao tocá-la mais incisivamente em suas partes íntimas, ao mesmo tempo em que ela começou a gemer, ela pediu-lhe que a tocasse devagar, pois sua vagina estava bastante sensível naquele momento. Mas nem ela sabia que sua sensibilidade vinha do fato de ela ter transado com seu, até então, amante João.

Tentando fazê-lo parar de tocá-la, Evelyn abriu a calça dele e começou a chupá-lo posicionando seu corpo longe de suas mãos. Chupando-o por alguns minutos, Evelyn fez com que César ficasse tão excitado que, com certa força, puxou-a, abrindo suas pernas e chupando-a também, fazendo-a apertar suas coxas em sua cabeça. Ela sentiu que ficou molhada e suas coxas tremeram pela sensibilidade de seu clitóris, e não demorou ela gozou intensamente devido ao sexo oral, ao ponto de, pela primeira vez, a sua vagina esguichar no rosto do parceiro.

Logo em seguida, após arrancar suas roupas, César começou, com certa brutalidade, a penetrá-la fortemente, fazendo-a quase gritar de tesão, e ela, puxando-o pelos cabelos, pediu que a penetrasse com mais intensidade enquanto a puxava pelos seios. Nesse momento, ele percebeu que ela estava com algumas marcas no pescoço. Sem comentar nada, ele apressou seu orgasmo, pondo-a de quatro, tomando cuidado de ejacular fora, e finalizou lambuzando abundantemente suas nádegas, deixando-a eufórica e, por mais alguns segundos, suspirando e com a bunda empinada.

Nesse meio-tempo, na casa de João, um pouco além da meia-noite, Bianca, que quase que o tempo todo falava ao telefone com sua mãe, esperava mais uma ligação para manter-se informada sobre a situação da sua avó. Sem muita demora, o telefone de Bianca vibrou, mas, diferentemente das outras vezes, Bianca ouviu sua mãe, aos prantos, dizer:

— Bi, sua avó sussurrou que tinha orgulho de nós duas e agradeceu por termos cuidado dela tanto tempo. Ela não resistiu. Venha para cá. Preciso de você perto de mim nesse momento. Agora somos só nos duas.

Chorando muito, a garota não conseguiu falar, então Ruth pegou o telefone de Bianca e disse à mãe dela que em pouco tempo estariam no hospital.

No dia seguinte, no domingo, no final da tarde, todos estavam no velório da avó de Bianca. João e Ruth cuidaram de todos os detalhes, pois a mãe dela tinha passado mal ainda no início e ela estava ao seu lado, observando-a e cuidando para que nada de pior acontecesse.

Katharine, sensível a esse tipo de evento, sentiu-se enjoada no velório e ficou olhando de longe os acontecimentos. Sem esperar muito, pediu para que Evelyn e César a levassem para casa. Em respeito à Bianca, os três decidiram ficar um pouco mais, porém não presenciaram o enterro da avó da amiga, que aconteceu ao anoitecer.

Com o apoio de Ruth, Bianca e sua mãe voltaram para casa após o sepultamento. Ruth ofereceu-se para ajudar no que fosse preciso e deixou-as em casa. Ao despedir-se da garota, num abraço, comentou baixinho:

— Minha querida, apesar de tudo, feliz aniversário.

42

A viagem de Bianca

José Henrique, que estava viajando a trabalho, não enviou mensagem para Bianca felicitando-a pelo seu aniversário.

Por não ser lembrada por José Henrique, Bianca começou a desconfiar que o convite dele para comemorarem a data juntos era apenas um pretexto para se aproximar dela e levá-la para a cama.

De fato, José Henrique, quando agendou sua viagem à trabalho, não atentou para o fato de que havia se comprometido com a moça de passarem o dia juntos. Porém, sua ausência acabou sendo conveniente devido aos acontecimentos que inviabilizaria o encontro, ou pelo menos, causaria alguns constrangimentos pelo momento ter se tornado extremamente inoportuno.

O que ninguém poderia imaginar era que, embora divorciados, José Henrique e Ruth, como acordado entre os dois quando decidiram se separar, continuavam secretamente se relacionando, não só como amantes, mas também se tornaram amigos e confidentes.

Apesar do combinado de não ter segredos entre os dois, Ruth estava ciente da relação entre José Henrique e Bianca por meio de sua amiga e também, até então, secretária de José Henrique, que a comunicou que José Henrique havia levado uma nova namorada, uma moça jovem branca de olhos claros, chamada Bianca, para conhecer a empresa. A secretária de José Henrique a enviou para Ruth até algumas fotos que havia retirado discretamente de Bianca enquanto ela passeava pela empresa com seu patrão.

Essa lealdade da secretária da funcionária da empresa para com Ruth, não era uma exceção naquele ambiente, pois Ruth fazia questão de tratar seus funcionários como amigos os convidando para eventos e promovendo confraternizações e brindes de final de ano sem levar em conta os cargos nem determinados níveis hierárquicos.

Quando questionado por Ruth, um dia após o tal passeio, sobre o que a amiga do seu filho fazia com ele na empresa, José Henrique, sendo sincero, porém decepcionado, acabou revelando que estava gostando da moça e já, há algum tempo, trocavam mensagens íntimas e pretendiam se conhecer melhor.

Ruth disse conhecer a família da moça e que, além disso era bem claro que ela e João se gostavam e não ficaria bem para a família o que ele estava fazendo.

Ruth deixou bem claro para José Henrique que não gostou do que ele fez, já que a moça era muito próxima de João e, além disso sua mãe era uma velha conhecida e que moravam em um apartamento em frente a eles. Mas Ruth enfatizou que, há muito tempo, percebia que Bianca e João acabariam não resistindo e terminariam juntos e por isso gostaria que ele não os atrapalhasse.

José Henrique, então, prometeu que daria um tempo para ver o que aconteceria e que, por enquanto, em consideração ao seu filho, refletiria melhor a respeito da sua relação com a jovem.

Informado, por Ruth do falecimento da avó da moça, José Henrique enviou uma discreta mensagem de pêsames para a Bianca, solidarizando-se com sua momentânea dor. A moça, obviamente, ainda abalada pela recente perda, não se encontrava em condições de responder mensagens ou ligações.

No dia seguinte, segunda-feira, pela manhã, Bianca e sua mãe viajaram com seus parentes que haviam comparecido ao velório. A mãe de Bianca pretendia ficar com seus parentes enquanto Bianca voltaria sozinha para concluir seus estudos e trabalhar. Ruth, em discreta conversa com a mãe de Bianca, se comprometido a ajudar a moça, dando-a o suporte necessário caso a mesma precisasse.

43

O destino de Katherine

Segunda-feira, pela manhã, conversando sobre os últimos acontecimentos, Katharine comentou com Evelyn que faria uma pequena viagem durante a semana para visitar familiares e ver algumas faculdades de Odontologia do Rio de Janeiro e, portanto, não mais frequentaria as aulas naquela semana.

Evelyn, aparentemente desapontada pela ausência da amiga nos próximos dias, comentou que sentiria falta da companhia dela e de suas conversas nesse período. Séria, observando o comportamento de Evelyn, Katharine perguntou sobre o relacionamento dela com César. A amiga respondeu que não estavam mais no clima de romance do começo da relação, mas, apesar das brigas, continuavam namorando.

Katharine comentou que tinha conversado com César e percebeu que não havia mais clima favorável para continuar o relacionamento. Meio sem graça, Evelyn falou que eles não tinham terminado a relação e que, inclusive, havia passado a última noite na casa dele.

Sabendo mais do que Evelyn imaginava que ela soubesse, irritada, Katharine disse:

— Evelyn, eu te considerei minha amiga, mas não posso fingir que não sei o que está acontecendo. Você não vai contar onde foi e com quem você esteve depois no dia que fomos ao teatro?

— Como assim? Do que você está falando? – questionou Evelyn, assustada.

Katharine, gargalhando, com ênfase e quase gritando, disse:

— Evelyn, não seja BURRA! Eu e você compartilhamos a localização naquele dia, não se lembra?

— Ai, meu Deus… É verdade… – falou Evelyn, incrédula.

— Além disso, o que você não sabe é que aquele motel em que vocês foram brincar é da minha família – completou Katharine, rindo ironicamente.

Vendo a amiga nervosa e chorando, Katharine comentou:

— João sabe que aquele motel é da minha família. Se ele quisesse segredo não te levaria ali.

Evelyn, nervosa, chorando muito, pediu desculpas e também que ela não contasse a ninguém. Katharine respondeu:

— Relaxe, eu entendo porque você fez isso. Não vou contar para ninguém. Só não compreendo o porquê de João fazer isso com o amigo de infância dele.

Sem saber o que dizer e tremendo de nervoso, Evelyn sentou-se em uma cadeira perto de onde as duas conversavam e ficou de cabeça baixa.

Katharine, que sempre foi uma pessoa solidária e afetuosa, aproximou-se de Evelyn e comentou:

— Evelyn, eu não posso mentir para César, pois temos planos de trabalhar juntos, mas podemos continuar amigas se você parar de enganá-lo como está fazendo.

A garota voltou a chorar e disse que ia terminar o namoro com César, já que não estavam mesmo indo bem, mas não conseguiria contar nada sobre seu caso com João. Katharine concordou, dizendo:

— E eles que se entendam. Não fique entre os dois.

Mais serena em relação a amiga, Katharine comentou que essa situação toda também a fez perceber que João também não era o que ela procurava, pois o que ele tinha feito com um amigo de infância lhe dava medo. E finalizou a conversa dizendo:

— César está revendo os familiares. Hoje à noite vou à casa dele me despedir porque amanhã vou viajar. Quando eu voltar, te ligo para sairmos para curtir. Mas carona de João nunca mais (risos).

Nesse, à tarde Evelyn encontrou-se com César na praça perto da casa dela e revelou que não se sentia mais atraída por ele e que gostaria de terminar o relacionamento para eles ficarem livres para buscar novas experiências. César revelou que há algum tempo pensava o mesmo e que, na verdade, a relação já havia acabado desde o dia em que ele embarcara para a Europa. Sem dramas, lamentos ou juras de amizade, Evelyn e César despediram-se.

À tarde, João, como de costume, encontrou-se com seus amigos músicos para praticarem e fumarem maconha.

À noite, Katharine foi à casa de César para visitá-lo e despedir-se do amigo antes de ambos viajarem, César para a Europa e ela para o Rio de

Quem é João?

Janeiro. Ao chegar na casa dele, Katharine foi recebida por Rodrigo, irmão mais novo de César. Sempre simpático e brincalhão, abraçando-a, comentou:

— Oi, Kate! Está cheirosa. Que delícia! Que abraço gostoso (risos)

— Obrigada, Rodrigo. Cadê seu irmão? Está me esperando?

— César está na cozinha com nossos pais. Mas não se preocupe, enquanto ele não vem nós ficamos aqui juntinhos, conversando – respondeu o garoto, bem-humorado.

Surpresa com a investida do rapaz, Katharine disse:

— Eita, menino! Se eu não te conhecesse, acharia que está me paquerando (risos).

— Kate, você é linda. Estou te paquerando sim. Como pode uma mulher linda como você estar solteira há tanto tempo?

— Como você sabe que estou solteira?

— Kate, eu sei tudo sobre você. Você é linda e engraçada. Combina comigo – respondeu Rodrigo.

— Me deixe, Rodrigo! Eu sei que você está me perturbando. Você gosta de enrolar as moças. E você é muito novo para mim – respondeu Katharine, ainda rindo.

Rodrigo aproximou de Katharine e falou:

— Só há um ano e meio de diferença entre nós. Daqui a 30 anos, quando estivermos casados, a gente nem vai se lembrar disso.

Katharine, surpresa com a lábia do rapaz e sem saber o que dizer, parada, já vulnerável, olhou-o nos olhos e percebeu Rodrigo, oportunista, aproximar-se ainda mais, fazendo-a não resistir, permitindo que seus lábios se tocassem. Então eles se beijaram e, enquanto Rodrigo a abraçava pela cintura, a mão de Katharine o envolvia na altura do pescoço. Nesse instante, sentindo o encaixe gostoso no qual se encontravam, Katharine beijou-o suavemente e, de olhos fechados, sorriu satisfeita.

Percebendo, pelas vozes, que outros membros da família aproximavam-se, Katharine e Rodrigo afastaram-se, cessando as carícias e tentando recompor-se para que não percebessem o que havia acontecido ali. César, que já esperava a visita de Katharine, notando que alguém conversava com seu irmão, apareceu, imaginando que sua amiga havia chegado. Percebendo o silêncio e o brilho labial borrado de Katharine, surpreso, olhou-os e comentou:

— Rodrigo, eu vou te matar. Kate, perdoe a demora, querida. Entra aí, vamos tomar um cafezinho.

Katharine começou a andar com César e Rodrigo em direção à cozinha para tomar um café. Entretanto Rodrigo despediu-se da moça dizendo:

— Bom falar com você, Kate. Quando você voltar do Rio de Janeiro a gente conversa.

— Tá bom, Rodrigo. Até mais – respondeu ela.

Enquanto lanchavam, César e Katharine conversaram. A ser questionada sobre como estavam as coisas, ela comentou que tinha se sentido um tanto sozinha nas últimas semanas e que, para distrair-se, viajaria para o Rio de Janeiro para visitar familiares e ver se dá para cursar uma faculdade por lá. César disse que finalmente havia terminado seu relacionamento com Evelyn e que pretendia ficar na França por um período longo, raramente vindo para o Brasil antes de concluir seu curso.

E ainda curioso pelo que tinha visto minutos antes, perguntou a Katharine desde quando ela tinha tanta intimidade com Rodrigo. Sorrindo e com os olhos brilhando, ela respondeu que Rodrigo era carismático, encantador e que era muito agradável conversar com ele. Meio distraída, olhando para o nada, comentou ainda que o comportamento de Rodrigo lembrava muito João.

Balançando a cabeça negativamente e olhando para baixo, César comentou:

— Já entendi... Eu adoro meu irmão. Ele realmente gosta de você. Ele já havia me dito isso antes. Mas Kate, eu também gosto de você.

Katharine prontamente respondeu:

— Ai, César, para com isso... Você sempre gostou da Bianca. Não me faça de trouxa que eu não gosto.

— Está bem, Kate. Me desculpe. Meu irmão também vai estudar Medicina e, no futuro, podemos trabalhar todos juntos. Vai ser muito bom para nós – César, mais sério, comentou.

— Calma, César... Você não muda nunca. Só pensando em estudo e trabalho. Teremos muito tempo para pensar nisso ainda. E se seu irmão continuar se engraçando comigo, vou acabar sendo sua cunhada. Vou entrar para sua família (risos).

Meio sem graça, o rapaz também sorriu da situação e comentou:

— Nunca havia pensado nisso. Seria muita ironia do destino.

44

Momentos sem Bianca

No dia seguinte, terça-feira, logo cedo, Katharine viajou para a capital do Rio de Janeiro, pois há muito tempo ela não visitava suas primas cariocas. Além disso, por influência de seus familiares, ela torcia pelo clube de regatas do Flamengo e era fã do jogador Vinicius Junior e pretendia, junto às primas, ir ao Maracanã para ver seu time de coração em um clássico nacional no fim de semana.

César, assim como sua amiga Katharine, também tinha a viagem de retorno a Europa, marcada ainda naquela semana. Já cursando Medicina, ele estava com sua mente voltada para seus estudos e novos colegas de faculdade e planejava aproveitar ao máximo, em cultura e em entretenimento, todo o tempo em que estivesse na Europa. Além da companhia de seus familiares, que o receberam muito bem, César conheceu alguns de seus futuros colegas que, como ele, pretendiam antecipar seus estudos. Dentre seus novos colegas, César nutria considerável apreço por uma jovem russa com quem frequentemente compartilhava conhecimentos específicos de sua área e sobre as culturas europeia e brasileira.

Na escola onde ainda estudavam, João e Evelyn conversaram sobre os últimos acontecimentos e ela revelou ter terminado seu relacionamento com César e que estava livre para assumir uma nova relação. Ele, por sua vez, respondeu que preferia não se envolver no antigo relacionamento dela. Ela, então, perguntou-lhe sobre como ele conhecia o motel onde se encontravam e ele respondeu que conhecia pela localização, mas que não costumava frequentá-lo.

Sendo mais específica, Evelyn insistiu e questionou se João sabia que era da família de Katharine e ele disse que sim, que ele sabia que a família de Katharine era proprietária não só daquele motel, mas também de vários outros imóveis na região. Zangada, ela revelou que a João que Katharine acabou descobrindo que eles estavam indo ao motel e a recriminara, quase terminando a amizade. João, parecendo surpreso, lamentou tê-la exposto dessa forma e que não imaginava que Katharine tivesse acesso aos clientes do lugar. Respirando fundo, Evelyn respondeu que agora era tarde e que, por sorte, Katharine era uma pessoa muito compreensiva e, apesar de ter lhe dado uma bronca, não contou para ninguém nem a abandonou. João finalizou a conversa dizendo que, de fato, Katharine era carinhosa com seus amigos e bastante companheira.

Nessa semana, João resolveu mudar seu horário de encontro com sua massoterapeuta. Ele passaria a encontrá-la no mesmo dia semanalmente, porém à tarde. Contudo ele pediu apenas uma terapia com técnicas de relaxamento, sem nenhuma ativação de libido.

Ainda sob tratamento de sua crise de ansiedade e, no momento, sem emprego, Ruth não saía de casa e na maioria do tempo assistia a seriados e dormia. Às vezes, ela esperava João para assistirem a algum filme juntos, comendo pizza e muita pipoca.

45

O plano de Ruth na volta de Bianca
e as aventuras de Katherine
no Rio de Janeiro

Naquela semana, Ruth, mais algumas vezes e durante horas, conversou com José Henrique sobre seu estado de saúde, sobre João e sobre Bianca. Ela revelou que João descobrira uma foto íntima dela com César e, ele mesmo, numa conversa enquanto jantávamos, contou que, por vingança, relacionara-se com uma moça chamada Evelyn, a então namorada de César, seu amigo de infância.

José Henrique não desconfiava que a relação entre Ruth e César tinha acontecido, comentou que apesar de não ser agradável o que estava ouvindo, como homem compreendia que César não tenha conseguido evitar a atração por uma mulher como Ruth, mas que achava que o rapaz deveria ter tido um pouco mais de consideração por tratar-se de uma mulher casada e mãe de seu amigo. Então ele apoiou a decisão de seu filho e concluiu:

— Não tem clima mais para essa amizade.

Ruth, que sabia da relação entre seu ex-marido e Bianca, por meio da sua amiga e secretária dele, além das conversas com o próprio José Henrique, comentou que a moça (Bianca) havia levado a mãe para passar um tempo com familiares fora da cidade e que estaria de volta em breve, e que a mãe lhe pedira para dar suporte à moça e que a deixasse sozinha. Ruth, então, pediu que José Henrique evitasse contatar Bianca por um tempo, até ela superar essa fase, e finalizou a conversa, brincando:

— Eu te agradeceria se você pegasse essa safadinha da Evelyn (risos). Depois me conte.

Na sexta-feira, Bianca, quase uma semana depois da morte de sua avó, voltou sozinha da viagem que havia feito com sua mãe. A ideia dela era concluir as últimas semanas de estudo e planejar seu futuro acadêmico e profissional para o ano seguinte. Ela chegou em sua casa pela manhã.

Ao saber de seu retorno, Ruth foi recebê-la e verificar como ela estava naquele momento. Em meio ao diálogo, com o intuito de entrar na mente da garota, Ruth contou sua experiência ao perder a mãe, quando tinha aproximadamente a mesma idade que Bianca, o que teria acontecido meses antes de João nascer.

Vendo a moça emocionar-se com suas palavras, enquanto a consolava Ruth convidou-a para ficar em sua casa, com ela e João, pois eles lhe fariam companhia e lhe daria todo o suporte necessário enquanto ela concluía os estudos e buscaria um emprego.

Bianca sentiu-se tentada a aceitar o convite, pois João, para ela, sempre foi uma excelente companhia e ela sabia que precisava do apoio que Ruth oferecia, porém pesava o fato de ela estar se relacionando com o pai de João, ex-marido de Ruth. Ela sabia, ou pelo menos imaginava, que ninguém sabia do relacionamento e pretendia manter, pelo menos por enquanto, tudo em segredo.

Ruth conseguiu convencer Bianca a aceitar o convite apelando para o fato de que João, em sua opinião, adoraria sua companhia em casa pela amizade que tinham. E sugeriu que ela deixasse a casa em que morava fechada ou a alugasse para aumentar suas receitas. Bianca respondeu:

— Boa ideia! Vou fazer isso mesmo.

Katharine, que já estava no Rio de Janeiro há alguns dias, recebeu uma ligação inesperada e bem-humorada de Rodrigo. Já rindo mesmo antes de atender a ligação, a moça foi para um lugar discreto para conversar com mais privacidade com seu novo paquera:

— Oi, Rodrigo. Tudo bem com você?

— Melhor agora, meu amor. Não paro de pensar em você. Precisava te ligar para matar a minha saudade. Preciso te ver.

Mesmo ainda rindo, a moça brigou, dizendo:

— Ai, Rodrigo! Já vai começar a me perturbar novamente? De uma hora para outra você diz que ficou apaixonado por mim. Quer mesmo que eu acredite nisso?

— Kate, o que eu posso fazer para provar que estou falando sério? – insistiu ele.

Quem é João?

— Venha me encontrar aqui no Rio. Eu acredito em você se você pegar um avião e vir aqui – respondeu ela, desafiando-o.

Rodrigo respondeu prontamente:

— Tem lugar para eu ficar quando chegar aí?

Surpresa, Katharine respondeu:

— Rodrigo, se acalme. Estava brincando. Quando eu voltar a gente conversa. Tá bom? Mas se você estiver me enganando, eu vou te matar. Até mais.

No final da tarde, João chegou em casa e surpreendeu-se ao ver Bianca e Ruth, empolgadas, comendo pipoca, sentadas no sofá da sala vendo um filme.

Sorrindo, ele comentou:

— Bianca! Que surpresa boa. Tudo bem com você?

Bianca, também sorrindo respondeu que estava bem, porém antes que ela falasse qualquer outra coisa, Ruth rapidamente disse:

— João, ela vai ficar morando aqui com a gente.

— É verdade isso? Que maravilha! – questionou ele, surpreso.

Bianca, rindo, respondeu:

— É verdade. Vou ficar aqui com vocês. Venha ver o filme com a gente. Depois a gente conversa melhor.

— Sim! Só vou tomar um banho antes e já volto.

À noite, Katharine, no Rio de Janeiro, saiu para uma boate com suas primas. Como era de se esperar, por ser uma moça muito bonita, ela foi bastante paquerada por um carioca loiro, de óculos, flamenguista, com franja, chamado Fernando. Confiante, ele convidou-a para conversarem em um lugar mais discreto. Incentivada pelas companheiras, Katharine aceitou o convite do galã e subiu em sua moto, deixando-o levar para onde quisesse.

Katharine mal conseguia conversar com o homem durante o trajeto, pois estavam de capacete e a moto estava com uma velocidade razoável. Ela não chegou a surpreender-se quando chegaram em uma garagem de motel. Acompanhando-o até um dos quartos, Katharine, prevenindo-se, por meio do celular compartilhou sua localização com uma de suas primas.

Ela não conseguiu falar muito sobre si mesma, pois Fernando ficou durante muito tempo olhando-se no espelho e falando sobre suas aventuras como sedutor flamenguista enquanto tentava despi-la, incentivando-a a ficar à vontade e, como ele, tirar logo a roupa. Ela não se deixou levar pela lábia do rapaz e mesmo impressionada com o tamanho de seu pênis não queria transar com ele por perceber sua postura exibicionista, mostrando-se de forma extravagante, assemelhando-se a um garoto de programa de despedida de solteiros.

Mesmo já de calcinha e sutiã, ela causou irritação em Fernando ao revelar que estava com dor de cabeça e não havia se envolvido o suficiente para ter relação sexual com ele, pois, para ela, ele era um completo desconhecido. Ele respirou fundo ao olhar para o lindo corpo seminu de Katharine, mas sem chance de reverter a situação, chamou-a para voltarem à boate. A moça, entretanto, pediu que ele a deixasse em um ponto de táxi, pois ela preferia voltar para casa e descansar.

Fernando ofereceu-se para levá-la até sua casa e ter certeza de que ela chegaria com segurança. Katharine aceitou a carona e, ao chegarem na casa em que ela estava, agradecendo a compreensão dele, disse-lhe que ficaria na cidade mais alguns dias e, portanto, teriam a oportunidade de conversar se ele ainda quisesse, em outro dia.

O rapaz não pegou o telefone da garota, porém deu seu contato para que ela o chamasse caso precisasse de companhia nos próximos dias, inclusive durante o jogo do Flamengo no Maracanã, naquele domingo.

46

A verdadeira Bianca

No sábado, na casa de João, Ruth e Bianca, entre outras coisas, conversavam sobre seus planos para o final de semana. Ruth pretendia ficar em casa, como vinha fazendo recentemente, enquanto Bianca pensou em convidar João para saírem juntos logo mais à noite, pois ela queria se distrair e ir a um barzinho de música ao vivo próximo dali. Ruth gostou da ideia da garota, pois os achava um bonito casal e torcia para que os dois, enfim, resolvessem ficar juntos.

Nesse dia, como era de praxe, João havia saído cedo para jogar futebol com seus amigos e ainda não sabia dos planos que Bianca havia feito para os dois. Evelyn estava em sua casa, ansiosa por uma ligação dele convidando-a para saírem novamente. Ela não sabia que Bianca estava morando na casa de João e que, dessa forma, havia se tornado uma imbatível concorrente à atenção do rapaz.

Ao chegar em casa, na hora do almoço, conversando com Ruth e Bianca, João ouviu a intimação de Bianca de que ele a acompanharia à noite, ao barzinho que ela queria ir. Ruth, surpresa, riu e comentou:

— Pensei que vocês haviam combinado isso juntos

— Eu não sabia, mas como vou recusar a ordem dessa moça linda? Vamos, sim – respondeu João, sorrindo

— Ah, bom! Pensei que você fosse me desobedecer.

Agoniada por não receber nenhum contato de João, ao anoitecer Evelyn resolveu ligar para o rapaz para conversar e convidá-lo para pegá-la em sua casa e saírem juntos. Sem conseguir falar com ele, ela começou a chorar e, sem querer chamar a atenção de seus familiares, trancou-se em seu quarto e deitou-se na cama, escondendo o rosto no travesseiro, abafando sua agonia.

À noite, quando João e Bianca saíam de casa, João viu a ligação de Evelyn, mas, por estar ao lado de Bianca, não atendeu a chamada, causando estranheza a moça. Vendo o telefone tocar e João relutante em atender, Bianca comentou:

— Menino, não vai atender a ligação?

João, então, atendeu à ligação e disse:

— Oi, Evelyn! Estou de saída agora. Nos falamos em outro momento. Tchau, querida.

Bianca, ouvindo-o questionou:

— João, eu não sabia que Evelyn te ligava. Será que ela quer falar sobre o César?

João, respirando fundo, respondeu:

— Bi, vamos nos divertir. Depois a gente conversa. Tem coisas que você ainda não sabe.

— Então me conte. Quero saber – Bianca rebateu.

Já com Bianca do lado de fora da casa, a sós, João virou-se para ela, segurou uma de suas mãos e olhando em seus olhos, falou:

— Bianca, posso te contar tudo, mas preciso saber que tipo de relacionamento a gente vai ter a partir de agora. Você quer ser minha mulher? Quer dizer, vamos assumir um relacionamento sério?

Surpresa e um pouco confusa, enciumada por ver a ligação de Evelyn, meio brava, respondeu:

— Claro que quero. João, você é meu. Não quero mais ninguém no meio.

— Está bem, meu amor. Vamos nos divertir agora. Quando a gente voltar te conto tudo

Emocionada, ela abraçou João com força e beijou-o, a ponto de ele sentir o gosto de lágrimas em sua boca. Então, já mais calma, saindo, a garota comentou:

— Amor, vamos logo. Quero aproveitar muito nosso primeiro encontro.

Ruth, que escutava tudo atrás do jardim da casa, feliz com o que ouviu, pegou o celular imediatamente e ligou para José Henrique, dizendo:

— Tenho novidades… (risos). Ouça bem, a partir de agora você está proibido de procurar minha nova nora, ok?

Enquanto isso, Evelyn, nervosa com a resposta rápida de João, que não a permitiu argumentar, e mesmo sabendo que até aquele momento o envolvimento dos dois era apenas físico, ansiosa para encontrá-lo novamente, percebeu-se apaixonada pelo rapaz.

Tarde da noite, João e Bianca voltaram do bar e foram, depois de tomarem uma longa ducha, para o quarto de João para passarem a noite

Quem é João?

juntos, contudo a noite foi de longas conversas e revelações de João sobre César, Katharine e Evelyn.

Bianca apressou João dizendo estar curiosa para ouvir o que ele tinha a revelar sobre a chamada que recebera mais cedo de Evelyn. Deitados na cama, ainda com receio do julgamento de Bianca, ele procurou amenizar as coisas usando eufemismos. E então revelou:

— Bianca, eu não tenho mais contato com César. Acredito que não temos mais objetivos em comum.

— Por que isso? Vocês sempre estiveram juntos. Não acredito que do nada resolveram desfazer a amizade. Isso não faz sentido – disse ela, surpresa.

Ouvindo a insistência de Bianca, com lágrimas nos olhos, o rapaz acrescentou:

— Eu descobri que no passado ele não foi honesto comigo e fez coisas que não consigo ignorar. Por favor, não me pergunte o que foram, pois são coisas que estou tentando esquecer.

Bianca atendeu ao pedido de João e não mais falou sobre César, mas questionou:

— Ok... Então me fale sobre a ligação de Evelyn que você recebeu mais cedo. O que vocês tinham para conversar?

— Bianca, eu não vou mentir para você. Espero que entenda que foi antes de nós ficarmos juntos.

— Pode falar. Até onde eu sei Evelyn é namorada de César. Me conte aí o que você tem com ela – disse Bianca, nervosa, apressando-o.

Também nervoso, ele foi direto ao ponto:

— Evelyn me disse que ela e César terminaram e que ela gostava de mim. Então eu disse a ela que poderíamos nos conhecer. Mas agora estou com você e não quero problemas.

— Está bem, meu amor. Se foi tudo antes de mim, então está tudo bem – Bianca disse, após respirar fundo.

Então João perguntou a Bianca o porquê de ela ter se comportando diferente nos últimos tempos. Sem graça, ela respondeu que havia conhecido um homem e que estavam mantendo contato. E por vergonha, se olhar nos olhos de João enquanto falava, completou seu argumento dizendo:

— Ele queria ficar comigo, mas eu estava confusa se aceitava ou se esperava que o homem da minha vida, enfim, me enxergasse (risos).

João, cismado, questionou:

— Você pode me dizer quem são esses homens?

Bianca respondeu prontamente:

— João, o homem da minha vida sempre foi você. O resto não interessa. Foi antes da gente.

Após esses esclarecimentos cheio de meias-verdades, João e Bianca resolveram não mexer no passado e, então, mesmo cansados, aproveitaram mais um pouco a primeira noite como namorados. Deitados, beijaram-se abraçados durante algum tempo até que, com muito sono, adormeceram juntos.

No domingo pela manhã, ao acordar e perceber que João e Bianca tinham dormido juntos e obviamente naquele dia ele não havia deixado de ir ao futebol no clube, como de costume, Ruth, então, questionou:

— Que novidade é essa, meninos?

João respondeu:

— Ficamos conversando ontem à noite depois que chegamos e pegamos no sono.

Ruth insistiu e perguntou:

— O que há entre vocês dois? Estão namorando?

— Sim. Todos diziam que parecíamos um casal. Pois é, agora somos – respondeu João.

— Eu assumo que sempre achei que acabariam juntos. Fico feliz que deu certo. Espero que nada atrapalhe esse relacionamento, não é mesmo, Bianca? – falou Ruth, sorridente.

Bianca, desconfiada, respondeu:

— Sim, claro. Eu gosto dele. Não vou fazer nada para atrapalhar nosso amor.

Ruth, então, mudou de assunto e disse:

— Vamos tomar café, amores. Não quero comer sozinha. Venham me fazer companhia.

47

Katherine no Rio de Janeiro

Katharine, no Rio de Janeiro, naquele domingo à tarde, resolveu ir sozinha ao Maracanã para ver seu time de coração como havia planejado. Chegando lá, um pouco antes de começar o jogo, usando o cartão que recebeu, ela enviou uma mensagem para Fernando cumprimentando-o e dizendo que havia chegado ao estádio e aguardava o começo do jogo no setor norte do Maracanã.

Ele respondeu que também estava a caminho do jogo, porém estaria acompanhado de sua filha e de uma amiga, mas, no entanto, se ela quisesse, poderiam encontrar-se ao final da partida, pois elas voltariam para casa de táxi. Katharine concordou e antes mesmo do apito final da partida, recebeu uma ligação de Fernando querendo encontrá-la para que saíssem juntos.

Katharine saiu com Fernando no carro dele, em direção à casa do rapaz. Contudo, antes de chegarem, ele, com seu refinado vernáculo de bom leitor e com elevado nível acadêmico, questionou a moça, dizendo:

— Querida, queria eu, dizer que é um prazer estar com você neste momento oportuno. Por conseguinte, preciso saber se você quer que eu a conduza até seu lar ou, desta vez, propicie-lhe uma experiência inesquecível em um de meus flats de luxo.

Achando graça na forma de falar e no sotaque de Fernando, rindo, Katharine respondeu:

— Vamos lá conhecer o seu flat, mas, por favor, não posso nem ver bebida alcoólica, ok?

— Não se preocupe, Katharine. Vou te embebedar somente de prazer – respondeu ele.

Katharine, não se aguentando de tanto rir dele, deixou Fernando levá-la para seu flat. Apesar de não estar atraída sexualmente por Fernando, adorava a forma de ele se expressar e que o tempo todo ele tentava seduzi-la com sua beleza e com seu vocabulário sofisticado.

Algum tempo depois, já no quarto e na cama de Fernando, após alguns beijos, Katharine percebeu a ansiedade dele, que já tinha tirado as roupas de ambos, e questionou-o sobre preservativos. Já pelado, o rapaz correu em direção a uma gaveta para buscar preservativos.

Nesse momento, só de calcinha e sutiã, ela observou a empolgação de Fernando conduzindo a relação sexual e, excitadíssimo, colocar um preservativo em seu pênis. Contudo, de repente, aparentemente sem motivo, Katharine começou a chorar e pediu desculpas a Fernando. Surpreso, ele perguntou o que estava acontecendo. Katharine, desculpando-se exageradamente, explicou que não conseguiria se entregar a ele, pois além dela estar se comprometendo com um rapaz de sua cidade, a quem prometera conversar quando voltasse da viagem, também não conseguiria transar sem o envolvimento necessário. Frustrado, educadamente ele pediu para ela chamar um Uber e ir embora. Katharine vestiu-se e, sem demora, foi para a rua para chamar o Uber.

Aliviada por não ter se entregado a Fernando, chegar na casa de suas primas ela ligou para Rodrigo.

— Oi, Rodrigo. Terça-feira estou voltando para casa, ouviu, meu querido? Como estão as coisas aí?

— Que bom que você antecipou sua volta! Quero te ver logo. Estou com saudades de você. Aqui está tudo bem – disse o garoto.

— Então tá bom! Vamos conversar, sim. Quero saber se você é homem mesmo ou se só está me enrolando. Boa noite, Rodrigo. Me espere. Quero muito me acertar com você. Beijinho, tchau – finalizou a moça.

48

O namorado da ciumenta Bianca

Na segunda-feira pela manhã, na escola, João e Bianca, obviamente o tempo todo juntos, eram observados obsessivamente por Evelyn.

No intervalo das aulas, ela aproximou-se do casal, cumprimentou-os e, ainda se solidarizando pelos últimos acontecimentos, perguntou a Bianca como ela estava. Lembrando da conversa que tivera com João no fim de semana, respondeu da seguinte forma:

— Oi, Evelyn. Estou bem. A companhia do meu namorado está me ajudando a não me lembrar dos momentos ruins. E você, Evelyn? Como estão você e César?

— Eu não sabia que vocês estavam juntos. Vocês estão namorando há muito tempo? – disse Evelyn, visivelmente sem graça, gaguejando.

— A gente se gosta há muito tempo, mas resolvemos namorar sério agora, que estamos morando juntos.

— Que legal! Parabéns, Bianca. Deus abençoe vocês.

Então, vendo Evelyn quase chorando, Bianca abraça-a, agradecendo e dizendo:

— Obrigada. Não se preocupe com nada. Se precisar de mim como amiga estarei aqui, viu.

João, que havia se afastado no começo da conversa por um instante, ao virar-se para voltar para onde as moças conversavam, surpreendeu-se ao ver, de relativa distância, Bianca e Evelyn abraçadas e conversando quase emocionadas. Ele, então, hesitou em aproximar-se das duas e manteve-se encostado no balcão da cantina, esperando que Bianca viesse encontrá-lo. Após despedir-se de Evelyn, ela foi ao encontro de João e comentou:

— Oi, amor. Coitadinha da Evelyn. Se eu não quisesse você para mim pediria para você ficar com ela. Me deu pena dela. Parece que ela está muito apaixonada. Não conseguiu disfarçar.

Rindo discretamente, João respondeu:

— Meu amor, você precisa se acostumar com isso, pois parece que Katharine também gosta de mim. Se você se incomodar com isso não vai ter amigas.

— Meu filho, há muito tempo que eu sei que Kate gosta de você. Até já conversamos sobre isso. Na época, ela estava triste porque achava que você gostava de mim e não dela.

Então ele questionou:

— Vocês conversavam mesmo sobre isso? Ainda bem que não vieram me perguntar, pois eu não me sentiria bem se perdesse a amizade de Katharine. Ela é muito querida. Ela é um ser humano especial.

— Não entendi. Me explique melhor essa história aí – Bianca retrucou.

— Bianca, eu amo você, mas eu gosto da amizade de Katharine. Eu sei que você também gosta dela. Não brigue por causa disso – o rapaz respondeu.

Bianca finalizou a conversa, abraçou seu namorado e disse:

— Entendi, meu amor. Não vamos brigar por causa disso, mas fique esperto, pois vou ficar de olho.

49

A angústia de Evelyn (parte 2)

Ao voltar para sua casa, após sua conversa com João e Bianca, Evelyn, em seu quarto, telefonou chorando para Katharine para desabafar suas novas angústias sobre a frustração de sua expectativa de relacionar-se com seu, até então, amante João, pois ele havia assumido uma relação, por ela inesperada, com Bianca.

Katharine, um pouco exasperada, comentou:

— Evelyn, vou ser sincera com você. Eu sabia que isso um dia aconteceria. Era só um dos dois tomar a iniciativa.

Gritando, Evelyn desabafou:

— Essa vadia não estava paquerando o pai dele naquela festa?! Lembra?! Será que esse corno está sabendo disso?!

— Evelyn, eu nem vou lhe perguntar como você soube disso, mas vou te dar um conselho de amiga: esqueça esse assunto. É melhor você não falar isso para ninguém, ouviu? – falou, assustada, Katharine. E estendendo o assunto, comentou: – Eu e Bianca conversamos sobre o João algumas vezes. Na época eu também queria ficar com ele, mas ele parecia não saber qual das duas queria. Agora que Bianca pegou o cara, é melhor ficar longe, porque a bichinha é ciumenta pra caramba. Eu acho melhor você aceitar a situação e ficar na amizade.

Evelyn respondeu:

— Eu terminei com César por causa dele.

E Katharine retrucou:

— Você traiu o César com o João. Por favor, não vamos falar nisso. Se você gostasse mesmo de César não o teria o traído.

— Como você sabe se César também não me traiu lá na França?

— Já fiquei várias vezes sozinha com César na casa dele estudando. César nem olhava para o meu decote ou para minhas pernas. Eu nunca vi

César tomar iniciativa. Não posso pôr a mão no fogo, mas acho que César não trairia você – respondeu Katharine imediatamente.

Angustiada, chorando novamente, Evelyn desabafou:

— Kate, eu não deveria contar para ninguém, mas não sei o que fazer. Estou desesperada com uma coisa. Estou com medo do que minha família pode fazer comigo.

— Ai, meu Deus! Não acredito que você está grávida! – Katherine exclamou, incrédula.

— Ai, meu Deus! Não acredito que você está grávida! – Katherine exclamou, incrédula.

— Kate, meu ciclo está atrasado há alguns dias. Nunca atrasou antes. Não sei o que fazer... – disse Evelyn, chorando muito e soluçando.

— Calma! Não fale com ninguém sem ter certeza.

— Kate, você me ajuda? Não sei o que fazer... – pediu Evelyn à amiga.

Katharine respondeu que estaria voltando no dia seguinte pela manhã e elas poderiam se encontrar no final da tarde para conversarem melhor sobre o assunto.

No dia seguinte, na terça-feira, no início da tarde, Evelyn, agoniada, ligou para Katharine.

— Kate, minha menstruação não veio. Estou desesperada. Me ajuda, por favor.

— Venha para a minha casa agora. Vamos à farmácia para comprar um teste. Você faz o teste aqui no banheiro do meu quarto.

— Vou me arrumar e chego aí em meia hora. Até logo – encerrou a conversa Evelyn.

Katharine foi a uma farmácia perto de sua casa com Evelyn. Lá, educadamente, comentou que gostaria de falar com uma determinada farmacêutica, conhecida dela, para tirar umas dúvidas sobre um medicamento. A atendente chamou a farmacêutica, que prontamente foi atendê-las.

Em particular, Katharine disse à farmacêutica que procurava um teste de gravidez confiável e que gostaria de orientações de como usá-lo corretamente. Após o auxílio da profissional, Katharine pagou sua compra, agradeceu o bom atendimento da farmácia e foi embora com Evelyn, que permaneceu calada o tempo todo. Ao chegarem à casa de Katharine, Evelyn fez o teste imediatamente.

Quem é João?

Katharine pediu que a amiga se acalmasse, respirasse fundo e disse-lhe que, independentemente do resultado, ela poderia contar com seu apoio.

Evelyn foi ao banheiro para fazer o teste como a farmacêutica orientou-as. Katharine ficou aguardando na poltrona de seu quarto enquanto olhava a paisagem pela janela. Ao sair do banheiro Evelyn, pálida, sem querer acreditar, olhando para Katharine com o teste de gravidez na mão, comentou:

— Kate, deu positivo. E agora? O que eu faço?

Vendo que Evelyn realmente podia estar grávida, Katharine questionou-a quem era o pai da criança. Evelyn voltou a chorar ao ouvir a pergunta, pois ela não fazia ideia de quem era. Tanto João quanto César poderiam ser os responsáveis, porém ela comentou que de acordo com seu período fértil, a maior probabilidade era de que João fosse o pai. Então ela disse que não queria perturbar ninguém com isso e que criaria seu filho sozinha. Katharine, surpresa, comentou que não tocaria no assunto com ninguém e repetiu que a amiga podia contar com ela sempre que precisasse.

Preocupada com Evelyn, Katharine acompanhou-a até sua casa e deixando-a em segurança, despediu-se e voltou para sua casa para descansar, pois havia chegado de viagem naquele dia.

Nervosa, Evelyn tomou um banho demorado e dormiu o resto do dia, pois precisava se acalmar para conversar com sua mãe. Ela planejava contar que estava grávida de seu ex-namorado César, mas que eles tinham brigado e terminado o namoro, então ela preferia cuidar da criança sozinha. Ela não queria envolver João na história, pois, assim, ela evitaria problemas com César, com seus familiares e com o próprio João. Evelyn esperava, mesmo depois de tudo que estava acontecendo, manter uma relação íntima sigilosa com João, como ele havia sugerido, e, apaixonada, confiava em tudo que ele lhe dissera.

No dia seguinte, ainda pela manhã, Evelyn resolveu ligar para César, a princípio sem saber exatamente o que dizer, nem se ele a atenderia. Ele atendeu à ligação na segunda tentativa e, sem muita simpatia, perguntou a Evelyn se havia acontecido alguma coisa importante para que ela telefonasse para ele, pois há pouco tempo tinham terminado a relação e não tinham muito o que falar.

Sem graça pela frieza do rapaz e pelo claro desinteresse dele em conversar, ela, mesmo assim, comentou:

— Eu quis conversar com você para saber como você está, mas se você não quiser falar comigo eu respeito.

César, já mais educado, respondeu que eles podiam conversar sim, sem problemas, e questionou quais eram as novidades do que estava acontecendo em seu antigo ciclo social. Ansiosa para desabafar sobre o relacionamento de João e Bianca, mas disfarçando a ansiedade, Evelyn respondeu:

— Eu não estou muito bem. Tenho andado deprimida. Mas vai ficar tudo bem, é só uma fase. Suas amigas, por outro lado, já voltaram de viagem e ambas estão esbanjando felicidade por aqui.

Sabendo que recentemente Bianca havia passado por problemas na família, ele disse:

— Evelyn, eu sei que Katharine está bem, até porque meu irmão está enchendo a bola dela, mas acredito que Bianca ainda não tenha se recuperado da perda familiar pela qual passou recentemente.

Esperta, aproveitando a deixa do rapaz, ela falou:

— Você que pensa, queridinho. Bianca está de namorado novo. Ela está até morando na casa dele. E você não vai adivinhar quem é o cara.

César tinha ciência da relação de Bianca e o pai de João, portanto nem imaginava que ela e João estariam namorando. Então disse, quase rindo, a Evelyn:

— Eu não sei, porém, até onde eu estou informado, dá para imaginar. Mesmo assim, me conte. Quero saber o que está rolando.

Evelyn, eufórica, comentou:

— Bianca e João estão no maior love. Andam abraçados e se beijando o tempo todo. Dizem que ela já está até morando na casa dele.

Surpreso, César comentou:

— Difícil de acreditar. Há pouco tempo ela estava ficando com o pai dele. Será que ele sabe disso?

— Não acredito! Você só pode estar brincando! Bianca estava pegando o pai do João? – Evelyn falou, espantada com o que acabara de ouvir.

— Sim, eles se conheceram na mesma festa que a gente começou a conversar, lembra? – respondeu César.

— Sim. Lembro dela conversando com um homem bonito. Eu sabia que essa puta estava paquerando aquele homem. Safada!

Quem é João?

— Aquele homem é seu José Henrique, pai de João. Eles estavam se encontrando escondido. Era por esse motivo que Bianca evitava falar com os velhos amigos. Ela estava com medo de ser descoberta – o rapaz concluiu.

Incrédula, Evelyn desabafou:

— Ai, meu Deus... Como é que pode pegar o pai e o filho assim...

César comentou:

— Pois é... Por isso achei estranho você dizer que ela está namorando com João. Eu percebia que eles tinham uma queda um pelo outro, mas achei que depois de pegar José Henrique ela o esqueceria.

— Esse José Henrique é bem conhecido por aqui. Meu pai é advogado da empresa da pessoa que fez aquela festa e José Henrique é sócio dele, mas não sei se meu pai também trabalha para ele – disse Evelyn.

— Eu fico surpreso com Bianca. Eu não sabia que ela era assim. Mulher sonsa, fingida. Eu era doido por ela – falou César.

Evelyn, então, perguntou:

— Será que João sabe disso que você está me contou? Você, que é amigo dele, não acha que deveria contar pra ele?

César, sem pensar, respondeu:

— Não nos falamos há algum tempo e acho que não temos mais nada em comum. Não sei se ele sabe nem vou me envolver nisso.

Desconfiada do fato de César e João não estarem mais se falando, Evelyn questionou:

— Desde quando vocês dois não se falam? Quando a gente namorava vocês eram muito próximos. O que aconteceu?

— Deixa isso para lá. Eu admito que errei, mas não vale a pena ficar lembrando – foi a resposta do rapaz.

Evelyn despediu-se de César pensativa por ouvir essas coisas inesperadas tanto de Bianca como de João. Ela percebeu que João pode tê-la usado para se vingar de César, já que o rompimento da relação entre os dois (César e João) era recente, até porque, como Katharine havia dito, João poderia tê-la levado para um lugar desconhecido, mas levou-a para o hotel da família de Katharine, ou seja, ele não fez questão nenhuma de esconder o que estava fazendo.

E a garota, empolgada com a conversa com César, acabou não contando a ele sobre sua provável gravidez. Mas ela achou que foi melhor, pois quando telefonou para ele não tinha certeza se seria a melhor coisa a se fazer, pois, provavelmente, César não era o pai da criança e, sim, João.

Com misto de raiva e alívio, ela resolveu não mais esperar pelas ligações de João e sentindo-se desapegada dele, percebeu que poderia ter insistido mais na relação com César. Porém, durante sua conversa com ele, ela pensou que talvez houvesse uma chance de seu filho não crescer sem uma companhia masculina. Então ela decidiu, assim como Bianca, tentar seduzir José Henrique.

Em sua estratégia desesperada, Evelyn planejou procurar José Henrique e, como filha do advogado de seu sócio e amiga de João, pedir para trabalhar como estagiária em sua empresa e, assim, aproximar-se dele.

Ela ligou para a empresa de José Henrique e descobriu que ele voltaria de viagem na sexta-feira. A moça, então, agendou com a secretária dele uma visita para o período da tarde.

50

O destino de Katherine (parte 2)

Era ainda uma quarta-feira quando Katharine voltou para a frequentar sua escola para rever seus colegas e assistir às últimas aulas antes de escolher onde cursaria sua graduação em Odontologia. Lá reencontrou seus colegas e como havia sido informada por Evelyn, viu que Bianca e João estavam, nitidamente, mais íntimos do que antes. Inesperadamente, ela ficou feliz com a união dos amigos e cumprimentou-os:

— Olha só, os pombinhos... Parabéns amiguinhos. Fico feliz por vocês.

Bianca, sorrindo, respondeu:

— E aí, amiga? Tudo bem?

Katharine, com naturalidade, enquanto a cumprimentava, abraçou-a e disse:

— Bi, eu disse que continuaria sua amiga, lembra? – Katharine referia-se à conversa que haviam tido sobre quem seria a escolhida de João.

Lembrando-se do diálogo que tiveram, sorrindo, sem querer alongar-se sobre o assunto, disse:

— Que bom, amiga. E você, o que tem feito?

Katharine, que discretamente observava Rodrigo, que também estava por ali, respondeu:

— Mais tarde talvez eu tenha uma boa novidade.

João, por sua vez, acompanhava, calado, Bianca e Katharine conversando, e viu que Evelyn, disfarçando, olhava para eles de longe, e acenou para ela cumprimentando-a. E, então, comentou:

— Meninas, olha a Evelyn ali, sozinha. Vamos falar com ela.

— Kate tem mais intimidade com Evelyn. Se ela for eu vou junto – respondeu Bianca.

— Agora não, estou procurando Rodrigo. Combinamos de nos encontrar hoje – disse Katharine.

Bianca, curiosa, perguntou:

— De que Rodrigo você está falando? O irmão do César?

— Sim, ele mesmo.

Nisso, observadora, Bianca comentou:

— Olha o Rodrigo vindo aí, atrás de você.

Rapidamente, Katharine virou-se para olhar e surpreendeu-se com Rodrigo abraçando-a e beijando-a sem o menor pudor e na frente de todos.

Surpreso com a cena que presenciou, João olhou para Bianca sorrindo e sem dizer nada, ouviu Bianca comentar:

— Olha a novidade aí! (risos).

Sentindo-se acolhida, Katharine correspondeu ao abraços e beijos de Rodrigo. Dessa forma, mesmo sem reconhecer, estariam consolidando o relacionamento que ele tanto almejava.

Evelyn, ainda distante e sozinha, falava ao telefone com César, desabafando, angustiada, sobre os novos acontecimentos, que a surpreendiam e, ao mesmo tempo, deixavam-na desgostosa.

Ao observar Rodrigo e Katharine se beijando, Bianca comentou:

— Rodrigo e Kate, parem com isso. Está todo mundo olhando. Deixem para namorar em outro lugar.

Rodrigo, educado e irônico, respondeu:

— Oi, Bi e João. Desculpem... É que eu sou doido por essa mulher. Não resisti (risos).

Katharine, discretamente, respondeu:

— Rodrigo, a gente ainda ia conversar sobre isso, lembra?

Rindo, João comentou:

— Oxente! Kate, o que mais teria para conversar? Esse beijo supera qualquer argumento.

Nisso, Bianca falou:

— Amiga, agora é minha vez de te parabenizar. Vocês dois combinam bastante. Parece que foram feitos um para o outro.

Ainda abraçada com Rodrigo, Katharine disse:

Quem é João?

— Mesmo assim, Rodrigo, à noite vou a sua casa para tomar um café e lá nós conversaremos melhor. Ouviu, "seu Rodrigo"? Não pense que sou fácil assim (risos).

E à noite, por volta das 19h, Katharine chegou à casa dele para conversarem. Quando ela entrou na cozinha com o rapaz, onde estavam os pais dele, Rodrigo, mesmo antes de ela cumprimentá-los, disse:

— Pai, mãe, eu e Katharine estamos namorando sério. Ela vai frequentar nossa casa diariamente, ok?

Katharine, pondo as mãos na cintura, olhando para Rodrigo e balançando a cabeça, comentou:

— Rodrigo, você não tem jeito mesmo! Ai meu Deus!

Enquanto Rodrigo ria da situação, seus pais levantaram e cumprimentaram Katharine, abraçando-a e dando parabéns para o casal. E ela, assim como mais cedo, na frente dos amigos, não negou o relacionamento e aceitou os parabéns dos pais de rapaz.

Pouco tempo depois, a sós, Katharine comentou com ele:

— Menino, agora que você já espalhou para todo mundo que estamos namorando, precisa assumir de verdade. Eu não aceito traição e quero te ver todos os dias aqui, em sua casa, à noite. E ai de você se eu não te encontrar aqui, viu?

— Faço tudo que você quiser, minha querida – respondeu ele, beijando-a.

51

O último saber

À noite, em casa, Ruth, Bianca e João conversavam descontraídos enquanto jantavam vendo um filme que Bianca havia sugerido.

Ruth observava que João e Bianca não se separavam em momento algum. Estavam juntos durante quase todo o tempo e pareciam realmente gostar da companhia um do outro.

Porém, sabendo dos últimos acontecimentos e com receio de que aquele clima de romance fosse abalado por alguma revelação inconveniente, Ruth propôs ao casal que formalizassem logo a relação, sugerindo que fizessem em uma confraternização familiar.

Bianca, gostou da ideia, mas querendo aproveitar mais um pouco aquele clima de namoro, sugeriu que o casamento acontecesse no mês de maio, ou seja, quase seis meses a partir daquela data.

João disse:

— Gostei da ideia. Eu acho que em maio está ótimo.

Ruth comentou:

— A decisão é de vocês dois, mas se dependesse de mim eu os casaria hoje mesmo, pois já que vocês estão morando juntos e tudo mais, não sei por que esperar.

No dia seguinte, ainda preocupada com a relação de seu filho, Ruth conversou com João em particular, sugerindo que ele fizesse uma surpresa para Bianca, dando-lhe uma aliança de compromisso. Ele não achou má ideia, porém comentou que não saberia comprar o anel com a medida correta do dedo anelar de Bianca. Sua mãe disse que ela e a mãe de Bianca já haviam combinado tudo e, surpreendendo João, falou:

— Eu já estou com uma aliança sob medida para Bianca. E já está tudo armado. Hoje à noite vamos jantar na casa de sua avó e lá você a pede em noivado, entregando a aliança, ok? Você vai ver, ela vai ficar feliz.

Quem é João?

Sorridente, o garoto comentou:

— Eu gostei da ideia! Vai ser engraçado. A gente vai se divertir bastante.

Ruth, então, entregou discretamente a aliança a João, informando o horário combinado para o jantar na casa da avó.

À noite, por volta das 19h, João, Bianca e Ruth chegaram à casa de Dona Lívia Machado. Ela e mais alguns familiares estavam na sala conversando e recepcionaram-nos calorosamente com beijos e abraços. Bianca era a mais festejada pelos parentes de João por ser, naquele momento, a mais nova integrante da família.

Sabendo que Bianca estaria presente, José Henrique, que também fora convidado, mesmo confiante na intervenção de Ruth em caso de alguma reação constrangedora, permanecia preocupado com o risco de estragar o relacionamento de João caso ele percebesse o que havia acontecido entre ele e Bianca. Assim, ele permaneceu o maior tempo possível na cozinha, conversando com um de seus parentes sobre a empresa da família.

Dona Lívia Machado parabenizou seu neto, elogiando-o pela beleza e pela simpatia de sua namorada Bianca e, aproveitando o momento, dirigiu-se ao casal fazendo reflexões e comparando os relacionamentos em sua época com os relacionamentos de então. Dona Lívia propôs ao casal experimentar comportamentos conservadores em suas posturas afetivas e familiares e disse-lhes que acreditava que tolerância e companheirismo fazem com que a relação sobreviva a uma época de relações líquidas e de sentimentos rasos.

Ao ouvir as sábias palavras de dona Lívia, Bianca, em meio a sorrisos de felicidade, em alguns momentos secou, com a ponta dos dedos, algumas lágrimas que não conseguiu segurar.

Aproveitando o momento emocionado de Bianca promovido pelas palavras de dona Lívia e o sorriso de euforia de Ruth na expectativa daquele momento, João olhou para sua amada e, pedindo a atenção de todos, postando a voz, começou a falar:

— Bianca, quero aproveitar este momento, na presença da minha mãe e da minha avó, que, assim como você, são as mulheres de minha vida, para confessar que tenho o desejo de que você sempre faça parte da minha vida e pedir, humildemente, que aceite esta aliança como um pequeno símbolo de meu compromisso e, principalmente, do meu amor sincero por você. Bianca, eu te amo.

Ao ouvir as palavras de seu namorado e receber a valiosa aliança, delicadamente colocada por ele em seu dedo anelar, chorando, sem conseguir falar nada, Bianca abraçou fortemente e beijou seu agora noivo, João.

Os familiares de João ali presentes, eufóricos e emocionados, comemoraram aplaudindo e gritando, fortalecendo a felicidade e a emoção desse momento tão marcante.

Ouvindo aplausos e gritos de comemoração na sala, José Henrique e alguns outros homens da família, que conversavam na cozinha sobre negócios, foram até o local para verem e participarem do que estava acontecendo. Bianca, distraída e emocionada, ao virar-se, em uma fração de segundos, olhou nos olhos de seu ex-amante, quase desmaiou de susto e permaneceu paralisada, sem saber o que fazer.

Percebendo a situação em que Bianca encontrava-se, antes que as pessoas começassem a se preocupar com o que estava acontecendo, foi rapidamente em direção à moça, abraçou-a e disse:

— João, sua noiva está emocionada. Bianca, calma. Venha aqui fora comigo tomar um ar fresco. Vamos conversar um pouquinho.

Ruth, abraçada com a moça, falou a João e às demais pessoas presentes:

— Gente, ela tem passado por muita coisa e está um pouco ansiosa. Vamos tomar um ar aqui fora e voltamos já.

Vale lembrar que João não fazia ideia do que havia acontecido entre seu pai e sua noiva. Meio sem graça, José Henrique aproximou-se de João e parabenizou-o, e com um discreto abraço despediu-se dizendo que já estava de saída. João agradeceu as palavras do pai e disse que conversariam melhor em outro momento, pois pretendia apresentar oficialmente a sua noiva. José Henrique comentou que já a conhecia, pois César havia a apresentado em uma festa de aniversário da filha de um sócio da empresa. Falou, também, que precisava mesmo sair naquele momento, pois estava atrasado para outro compromisso importante. Dando mais um abraço no filho, eles despediram-se e José Henrique partiu para o suposto compromisso.

Enquanto isso, lá fora, no jardim da mansão de dona Lívia Machado, Ruth e Bianca, sentadas, lado a lado, num banco, conversavam.

Ruth, que havia percebido o desconforto de Bianca com a presença, inesperada por ela, de José Henrique, preocupava-se em acalmar a moça para que os demais familiares não percebessem o que estava acontecendo e, consequentemente, descobrissem o que havia acontecido num passado recente com Bianca e, com isso, atrapalhar o relacionamento dela com seu filho.

Ruth, então, olhando para Bianca, questionou-a:

— Bianca, você está bem?

Bianca, olhando fixamente para frente, sem saber o que pensar, respondeu:

— Não sei. Acho que tive uma queda de pressão.

Ruth, calmamente, segurando a mão da moça, perguntou:

— Bianca, me conte a verdade. O que aconteceu entre você e meu ex-marido?

Bianca assustou-se com a pergunta de Ruth e, já tremendo, com vergonha e medo de falar a verdade, começou a chorar. Rapidamente, a mãe de João, tentando evitar que Bianca se desesperasse de vez, abraçou-a, pediu para que ela se acalmasse e revelou:

— Bianca, eu sempre soube de tudo. Eu e meu ex-marido não temos segredos. Só que João não sabe e não pode saber. Precisamos manter isso em segredo. Sinceramente, eu não sei qual seria a reação dele. Mas não se preocupe, deixe-o saber que você gosta dele e se ele também gostar de você vai ficar tudo bem.

Bianca, aos prantos, desabafou:

— Dona Ruth, eu juro que não tive a intenção de que acontecesse. Ele me chamou para conversar e quando percebi já estava envolvida. Eu só o procurei porque era o pai de João. Eu acabei me apaixonando e não conseguir resistir.

Ruth, respirando fundo, respondeu:

— Eu sei disso, Bi. Eu acredito em você. Não se preocupe, estou do seu lado. Vai dar tudo certo. Já falei com meu ex-marido e sei que ele não vai mais mexer com a noiva do filho dele.

— Por favor, peça para ele ficar longe por enquanto. Eu não sei disfarçar e ainda é tudo muito recente – pediu a garota.

Ruth respondeu:

— Não se preocupe.

Mais calmas, as duas levantaram-se do banco da pracinha no jardim da casa de dona Lívia Machado, e caminhando lentamente, em meio às árvores floridas daquele dia frio, Ruth comentou:

— Bianca, tem coisas sobre mim que gostaria que você soubesse.

— Diga, dona Ruth. Eu quero saber.

Ruth prosseguiu:

— Eu me dei conta agora de que você já ficou com meu ex-marido e com o meu filho.

Bianca respondeu agoniada:

— Meu Deus, dona Ruth, não fala isso...

Rindo, Ruth completou sua fala:

— Calma, minha filha. Eu só quis dizer que se você ficasse comigo, você seria uma pessoa muito privilegiada, porque, pense, quantas pessoas passam por essa vida e têm a oportunidade de pegar todos os membros de uma família?

Bianca, mais séria, respondeu:

— Dona Ruth, eu não duvido mais de nada.

Ruth, então, também sorrindo, abraçou Bianca, olhou-a nos olhos e, com a ponta dos dedos, afastando um pouco de cabelo que caía sobre o rosto, beijou-a suavemente na boca por alguns segundos, provocando uma inesperada reciprocidade. Sem saberem o que dizer, as duas riram da situação e Ruth, empolgada comentou:

— Bianca, eu vou adorar ter você em minha família!

Informada por mensagem de que José Henrique já havia saído da casa, Ruth levou Bianca de volta para seu filho, pois dona Lívia já apressava a todos para começarem o jantar em família daquela noite.

52

O inacreditável plano de Evelyn

Na sexta-feira, sabendo que José Henrique estaria em sua empresa naquela tarde, Evelyn foi ao seu encontro, apresentando-se como filha de um dos advogados da empresa e colega de seu filho João.

Sendo informado de que uma jovem aguardava por ele, José Henrique, curioso, resolveu educadamente atendê-la, pois, segundo sua secretária, tratava-se, além de uma conhecida de João, da filha de um importante colaborador de sua empresa.

Ao receber Evelyn em sua sala, José Henrique observou que se tratava de uma mulher de mesma faixa etária de seu filho e de estatura relativamente baixa, porém de um corpo com medidas proporcionais e bem definidas, uma morena linda, diferente da loira, se referindo a outra amiga de João que recentemente havia conhecido.

Entretanto José Henrique foi avisado de que Evelyn também era uma pessoa ligada ao seu sócio na empresa e que deveria recebê-la com o devido respeito e profissionalismo.

Ela, porém, não pretendia ser tão profissional como pensava José Henrique, e logo ao se apresentar, com uma roupa justa e com um belo decote à mostra, sorridente, falou:

— Boa tarde, seu José Henrique. Sou Evelyn. Tudo bem com o senhor? Estou precisando muito de um estágio e como sou muito amiga de seu filho, tomei a ousadia de procurá-lo para pedir esse favor.

Achando graça da postura a jovem, ele disse:

— Oi, Evelyn. Tudo bem? Seu pai é excelente colaborador em nossa empresa. Ele sabe que você está aqui?

— Meus pais estão bem. Sempre muito ocupados. Eles não sabem que estou aqui. Já sou maior de idade e achei melhor eu mesma buscar meus objetivos. Pretendo cursar Direito também e gostaria de ser mais independente, por isso estou aqui lhe pedindo uma oportunidade de trabalho.

José Henrique, prestando atenção na moça, ouvindo-a atentamente, perguntou:

— Foi João quem mandou você me procurar?

— Não! João não faz ideia de que estou aqui.

Pensativo, ele disse:

— Entendi, senhorita Evelyn... Na verdade, esta é uma empresa de engenharia. Como você não tem experiência na área, eu só vejo duas funções que você pode desempenhar aqui. Ou você trabalharia como recepcionista ou como secretária, pois junto ao pessoal de apoio não ficaria bem devido ao fato de você ser filha de um colaborador da alta cúpula da empresa. E certamente você teria dificuldade em lidar com faxinas e carregar objetos pesados.

Evelyn, que observava e ouvia o que José Henrique lhe falava, olhando-o nos olhos, comentou:

— Se eu pudesse escolher, eu escolheria ser sua secretária pessoal.

Se pararmos para analisar a situação, perceberíamos que o plano de Evelyn tinha grandes chances de dar certo, pois, relembrando os últimos acontecimentos, José Henrique havia se divorciado de Ruth não há muito tempo e, em seguida, por um acaso do destino, envolvera-se com uma das amigas de seu filho, com a qual, por ser namorada dele, não poderia mais se relacionar. Ao ouvir da moça que era maior de idade e que buscava independência, nada o impediria de relacionar-se com ela. A única barreira que separava Evelyn de conseguir o que queria era a preocupação profissional por parte de José Henrique de empregar e depois se envolver com a filha de um colaborador da empresa, pois isso poderia causar problemas entre ele e seu sócio.

José Henrique resolveu admitir Evelyn como auxiliar de secretária, pois assim poderia flexibilizar os horários de sua funcionária de confiança que, ao longo do tempo, passou a ser amiga dele e de sua ex-mulher. Assim, Evelyn substitui-la-ia em seus dias de folga. Então ele explicou para Evelyn as condições para ser admitida na empresa. Sem prestar atenção às condições propostas pelo novo patrão, ela concordou com tudo, pois pretendia começar o mais breve possível sua nova empreitada.

O pai de João propôs que Evelyn começasse na próxima quarta-feira, pois ele havia voltado de viagem e iria visitar outra filial na segunda e na

Quem é João?

terça-feira. Evelyn, porém, comentou que, como secretária, ela poderia ir com ele caso ele precisasse. José Henrique disse que até seria bom, mas como ele pretendia passar o dia inteiro por lá, ela teria que ficar o dia todo com ele, e ela imediatamente respondeu que se precisasse ficaria o dia inteiro.

Já achando tudo aquilo muito estranho, José Henrique disse que pensaria no caso e a informaria por mensagem mais tarde. Contudo, cismado, resolveu verificar as reais intenções da moça e falou:

— Evelyn, não temos um contrato pronto aqui para você assinar agora, mas não se preocupe com as burocracias, na semana que vem a gente resolve essa parte. Agora eu preciso ir. Se você quiser uma carona posso te levar até sua casa. Mas eu sempre paro no bar de um amigo meu para relaxar. Bem... Se você quiser carona, vamos agora.

Evelyn, sem demora, respondeu:

— Aceito a carona e uma bebida no bar. Vamos.

José Henrique e Evelyn saíram juntos da empresa, no carro dele, e, como planejado, pararam no bar. Em uma mesa com um visual privilegiado, José Henrique pediu seu uísque de sempre enquanto Evelyn solicitou apenas um cafezinho.

Ao relaxar e estar em um ambiente fora da empresa, José Henrique, ainda desconfiado da moça, resolveu averiguar o que ela realmente queria e perguntou:

— Evelyn, seja sincera comigo. Você quer mesmo esse trabalho?

Tomando seu cafezinho e sorrindo, ela balançou a cabeça positivamente.

Ele comentou que sabia que Evelyn não precisava trabalhar, pois sua família era bem-sucedida. Ainda tomando café, ela perguntou por que ele desconfiava do que ela queria de verdade. Sem querer se expressar diretamente, o pai de João disse que se ela confirmasse que era só aquilo mesmo que ela queria, então o papo estaria encerrado.

Aproveitando o momento, fingindo estar brincando, comentou:

— Se eu quisesse alguma coisa a mais você me daria?

José Henrique respondeu que sim e completou dizendo que se ela queria algo a mais ela podia ser direta e que ele faria o possível para ajudá-la, pois se tratava de uma amiga de João. Ainda que confusa com a fala ambígua do homem, sem perder a oportunidade, indo direto ao ponto, como ele pedira, Evelyn falou:

— Eu quero você para mim.

Mesmo já desconfiado das intenções dela, ele respondeu:

— Evelyn, não sei o que te dizer.

— Você disse que faria o possível para me dar o que eu queria. Não vai cumprir o que disse? Eu quero ser sua. Na hora que o senhor quiser.

Então, olhando sério para Evelyn, ele disse:

— Faça o favor, me dê seu documento.

Imediatamente, ela pegou-o e entregou-o para José Henrique, que o olhou por alguns segundos e falou:

— Vamos. Quero você agora.

Eles foram para um motel chique da cidade e Evelyn, sem disfarçar a felicidade durante o trajeto, não via a hora de chegarem logo ao local. Já no motel, Evelyn beijou José Henrique de olhos fechados, enquanto sentia sua barba roçando em seu rosto e já toda lubrificada, com os dedos do homem masturbando-a, fazendo-a soltar pequenos gemidos de prazer.

Ele aproveitou que ela estava de olhos fechados, e ainda tocando-o com seus dedos, começou a beijá-la no pescoço e nos seios. Evelyn pareceu estar gostando do contato da barba de José Henrique em seu corpo. Sem demora, segurando- pelas coxas, abriu suas pernas e começou a chupá-la com delicadeza e constância, fazendo-a quase esguichar de prazer. Evelyn, querendo rapidamente concluir seu plano e cheia de tesão, pediu que ele metesse logo seu pênis dentro dela, mas ao segurá-lo com uma das mãos, ela resolveu chupá-lo e percebeu que não era igual ao das suas experiências anteriores, o que a deixou com receio de não suportar tudo aquilo.

Todavia ela não podia voltar atrás àquela altura dos acontecimentos e resolveu sentar no pênis de José Henrique. Sempre mantendo os olhos fechados, Evelyn sentiu o membro penetrá-la e preencher toda sua vagina, até chegar ao fundo, causando um pequeno incômodo ao tocar em seu útero. Mas excitada o suficiente, ela movimentou-se de forma a causar prazer em ambos, fazendo-a ter alguns orgasmos enquanto subia e descia em cima de José Henrique.

Com o tempo, o tamanho do membro não incomodou mais. Em determinado momento, quando José Henrique expressou seu iminente orgasmo, Evelyn disse que queria sentir a gala do homem dentro dela. Sem uma reação contrária dele, tirou o preservativo dele e sentou-se novamente sobre José Henrique, fazendo-o gozar em sua vagina, enchendo-a do sêmen expelido em seu orgasmo.

Sorridente e soluçando de prazer, ainda de olhos fechados, Evelyn deitou-se na cama, ao lado dele, e disse:

— Ai, que gostoso! Quero mais...

Após o orgasmo e já pensando com a cabeça de cima, em um misto de emoções, José Henrique sentiu-se satisfeito sexualmente, porém um pouco preocupado com possíveis as consequências que seu ato podia causar.

Antes de se despedirem, ela lhe disse que queria ser sua namorada e pediu seu número pessoal. Impressionado com a atitude de Evelyn, ele não mais se sentia receoso, comentou que era cedo para um relacionamento, mas que adoraria continuar a vê-la.

Evelyn, agarrando-o novamente, disse:

— Você pode me comer quando quiser, meu gostoso...

Continua...